W9-CFS-648

Hartmann

El maestro de las marionetas

KATHERINE PATERSON

Traducción de:
Magdalena Holguín

Fotografía de cubierta:
Sergio Vanegas

GRUPO
EDITORIAL
norma

Barcelona, Bogotá, Buenos Aires, Caracas, Guatemala,
Lima, México, Miami, Panamá, Quito, San José,
San Juan, San Salvador, Santiago de Chile.

Título original en inglés:
THE MASTER PUPPETEER
de Katherine Paterson
Una publicación de Harper Collins Publishers, Inc.
Copyright © 1975 Harper Collins Publishers, Inc.

Copyright © 1995 para todos los
países de habla hispana y los Estados Unidos
por Editorial Norma S.A.
A. A. 53550, Bogotá, Colombia

Prohibida la reproducción total o parcial
de esta obra, por cualquier medio,
sin permiso escrito de la Editorial.

Primera reimpresión, 1996
Segunda reimpresión, 1997
Tercera reimpresión, 1997
Cuarta reimpresión, 1998
Impreso por Cargraphics S.A. – Imprelibros
Impreso en Colombia – Printed in Colombia
Marzo, 1998

Dirección editorial, María Candelaria Posada
Dirección de arte, Julio Vanoy
Diagramación, Ana Inés Rojas

ISBN:958-04-4382-3

CONTENIDO

*Este libro es para mi hijo John,
quien tiene algo de Jiro, algo de
Kinshi, pero sobre todo,
quien es él mismo.*

Los titiriteros actúan como
la sombra de la marioneta y
se convierten en sus víctimas
al manipularla.

MIYAKE SHUTARO

Capítulo I

EL HIJO DE HANJI

Jiro se retiró el cabello de los ojos y se inclinó de nuevo sobre la mesa de trabajo. Mojó el pincel en la goma y comenzó a aplicarla en el interior de la cabeza de la marioneta, que se encontraba abierta en dos mitades. Jiro se humedeció los labios. Tenía que ser cuidadoso. La última vez no había colocado suficiente goma y la cabeza se había roto antes de podérsela entregar a Yoshida en el teatro. Todo consistía en poner la cantidad exacta de goma, ni una pincelada más, ni una menos.

Suspiró y dejó caer de nuevo el pincel dentro del pote de goma. Sus grandes manos, excesivamente grandes para su delgado cuerpo de trece años, temblaban de tal manera que temía que una gota de goma cayera sobre las cuerdas y arruinara el movimiento de los ojos y cejas de la marioneta. A su padre le había tomado más de dos años perfeccionar el mecanismo. Jiro asió su mano derecha con la izquierda y le ordenó que dejara de temblar. Sabía que el fuerte olor de la goma, similar al del pescado, era lo que le producía el malestar. Si no tuviera tanta hambre. ¿Qué sucedería si comiera un poco de goma? ¿Quedarían pegadas sus entrañas como las dos mitades de la cabeza de la marioneta?

¡Qué estúpido era! Si terminaba la cabeza apropiadamente, su padre la pintaría; la marioneta sería ensamblada y vendida a Yoshida. Para el fin de semana tendrían suficiente dinero para comprar comida y dejaría de preguntarse qué le ocurriría a su estómago si comiera goma.

Tomó el pincel y comenzó a aplicar la goma al otro lado de la cabeza. Lo hizo tan cuidadosamente como pudo.

–Has puesto demasiada –Jiro se sobresaltó al escuchar la voz de su padre. Hanji, el fabricante de marionetas, estaba arrodillado detrás de él. El muchacho alargó la mano en busca de un retazo de tela para quitar el exceso de goma. Hanji lo interrumpió.

–No, no. No uses eso. Tu madre podría necesitarlo para un disfraz.

–¿Entonces qué debo usar? –la voz de Jiro era aguda, pero su intención no era gritar. Su padre no soportaba a la gente que perdía el control de sí misma.

–Permíteme –Hanji sacó el pincel del pote de goma y empujó al muchacho–. Hazte a un lado. Yo lo haré – pasó el pincel por el borde del pote con delicadeza–. El secreto está en tomar la cantidad exacta de goma con el pincel. ¿Ves? No hay demasiada ni muy poca.

«Lo sé, lo sé», gemía el muchacho para sus adentros. «Conozco todos los secretos, todos los trucos. Sólo que no puedo hacerlo cuando me observas por encima del hombro».

–¿Tienes hambre? –preguntó su padre en voz baja.

–Estoy bien.

–Es duro tener hambre a tu edad. Cuando vendamos la marioneta, tendremos algo mejor; arroz, tal vez.

Arroz. Pensar en el arroz le producía a Jiro un vacío en la cabeza. Imaginaba el aroma de las burbujas del arroz cuando hervía sobre la estufa de carbón.

–Tu madre ha regresado. Ve a ayudarle.

Jiro se puso de pie con reticencia.

–Podría ayudarte aquí.

–No, ahora no. Ya terminé –Hanji colocó el pincel sobre la mesa y, sin tocar ninguno de los mecanismos, unió las dos mitades de la cabeza y las sujetó con una grapa de madera–. Vete, yo haré la limpieza.

Jiro atravesó la cortina que separaba la tienda de la parte trasera de la casa. La puerta se deslizó y contempló a Isako, que se hallaba arrodillada soplando los carbones en el brasero.

–¿Quieres que te ayude, madre? –humedeció sus labios con la lengua, de izquierda a derecha y de derecha a izquierda.

–¿Cómo? Oh, no. Ya casi consigo encenderlo –levantó la mirada. ¿Por qué no le estás ayudando a tu padre?

–Me pidió que te ayudara.

–¿Qué hiciste esta vez?

Jiro se ruborizó.

–Nada.

–¿Nada, eh? –comenzó a soplar de nuevo.

–¿Quieres que traiga el agua?

–¿Cómo? –levantó la vista de nuevo, con el rostro arrugado por la irritación–. Sabes que no puedo hablar y encender el fuego al mismo tiempo. Sí, sí, trae un poco de agua. Trae lo que quieras, pero desaparece de mi vista.

Jiro se puso el palo de bambú sobre los hombros y colgó un balde de madera en cada extremo.

–No intentes llenarlos demasiado.

–No, no lo haré.

–Y no pierdas el tiempo por ahí. Es peligroso. Y deja de humedecerte los labios. Pareces un gato extraviado.

Era bueno salir de casa. Aunque ya era el final de la tarde, el sol todavía brillaba en el cielo de verano. Había muy poca gente en la calle por esos días. Los pobres estaban demasiado hambrientos como para malgastar sus energías en un paseo; los mercaderes y los que poseían alguna cosilla evitaban salir por temor a ser robados por los samurais renegados, los ronin, que habían olvidado su código de honor, pero no cómo utilizar sus largas espadas curvas.

Su madre se lamentaba a menudo de la situación: «Mira a lo que hemos llegado. ¿A dónde iremos a parar?» Sin embargo, Jiro jamás había vivido tiempos mejores.

Había nacido, como Isako siempre se lo recordaba, en el año de las plagas. ¿Por qué él, un niño no deseado, había sobrevivido, mientras que su hermano mayor y sus dos hermanas habían muerto? En ocasiones pensaba que su madre jamás lo perdonaría. Era como si les hubiera arrebatado la vida a sus hermanos.

Ahora, desde hacía casi cinco años, reinaba la hambruna. Los Shogún culpaban a los daimyo, los daimyo a los ricos comerciantes, los comerciantes a los terratenientes, los terratenientes a los campesinos que, cuando morían, culpaban a los dioses.

Su familia era más afortunada que la mayoría. Su padre conocía un arte. Hanji fabricaba marionetas que los titiriteros compraban porque aún había comerciantes que continuaban engordando como buitres con los cuerpos famélicos de otros hombres; de no haber sido por ellos, él se hubiera convertido en otro de aquellos cuerpos famélicos.

–Por favor, alguna cosita –una anciana se aproximó a él desde una callejuela.

–No tengo nada, abuela. Lo siento.

El arrugado rostro se convirtió en una mueca. Jiro salió corriendo. No, su madre tenía razón. Las calles eran peligrosas. Bajó los pocos peldaños de piedra, hundió rápidamente los baldes en el río y se dirigió a casa dando un rodeo.

–Es té de raíces otra vez –anunció Isako con monotonía.

–Entiendo que tiene muchas propiedades medicinales –replicó Hanji. Parecían obligados a sostener el mismo diálogo cada vez que se sentaban a la mesa.

–Si ustedes dos terminaran esa tonta marioneta, yo podría conseguir algo mejor.

–Sí. Sólo faltan unos pocos días. ¿Ya está listo el vestido?

–Está terminado desde la semana pasada.

–Al muchacho y a mí nos cuesta trabajo alcanzarte, mujer. ¿De dónde sacas tanta energía?

Jiro rió.

–¿Quieres decirle a ese muchacho que deje de reír, Hanji? No es divertido. Y deja de tamborilear en la mesa. Me sacas de quicio –Jiro comenzó a rascarse los nudillos con los dedos de su mano izquierda. Ni siquiera había advertido que estaba golpeando de nuevo la mesa con los nudillos.

–No enfades a tu madre, muchacho –Hanji bebió lo que quedaba de su té y se volvió hacia Jiro–. Tengo suficientes monedas para un baño. ¿Deseas venir? –el muchacho se puso de pie de un salto.

–¿Dónde conseguiste el dinero? –preguntó Isako.

–Lo ahorré. No es suficiente para comprar comida, pero un buen baño caliente nos hará olvidar el hambre por un rato. ¿Deseas tomar uno?

–No, aguardaré a que tengamos dinero –comenzó a levantar las escudillas de la mesa.

En los baños públicos, Hanji le entregó las monedas al empleado; éste le entregó a cada uno una cesta para guardar sus cosas. Jiro se desvistió rápidamente y tiró la ropa en la cesta. Su padre se desvestía con parsimonia y doblaba cada cosa con cuidado: los pantalones, la túnica, la banda, la faja, y las ordenaba una sobre otra. Jiro apenas podía contener su impaciencia.

—Está bien, muchacho. Puedes seguir.

Jiro colocó de un golpe la cesta sobre una repisa y se apresuró hacia la habitación llena de vapor; llevaba su pequeña escudilla de madera con una piedra pómez y una toalla. Introdujo la escudilla entre la enorme tina y sacó un poco de agua caliente; luego la vertió sobre su cuerpo desnudo. ¡Qué sensación más maravillosa! Sacó más agua y comenzó a frotarse con la toalla. Su padre se unió a él; se frotaban la espalda el uno al otro con la piedra, riendo al ver cuán sucios estaban.

—Shh —dijo Hanji—. Pueden cobrarnos más dinero.

Jiro rió de nuevo y vertió más agua sobre la espalda de su padre para enjuagar la mugre. Luego se introdujeron en la enorme bañera de madera y se acomodaron en ella, con el agua salpicando alrededor de sus cuellos.

—Ahh, caliente —exclamó Hanji complacido.

—Hanji ¿eres tú? —una voz, que reconocieron como la de uno de sus vecinos, se escuchó por entre el vapor.

—Sí. ¿Eres tú, Sano?

Los dos hombres se entregaron al tipo de comadreos habituales de los baños públicos: las debilidades de los amigos y vecinos, los acontecimientos del día, cuidándose siempre de no hacer críticas al gobierno. Probablemente había más espías en un baño público que piedras en un camino.

Sano vigilaba con cuidado a su alrededor. La habitación estaba iluminada por unas pocas lámparas de aceite; el vapor impedía ver más allá de unos pocos pasos. Se inclinó hacia el fabricante de marionetas y su hijo.

–¿Han escuchado lo último que hizo Saburo? –susurró.

–No, ¿qué? –Jiro se estremeció al escuchar el nombre mágico.

–Shhhhh –advirtió su padre.

Sano miró a su alrededor antes de proseguir.

–Parece que temprano esta mañana pasaba una procesión funeraria frente a la puerta de Furukawa, el rico comerciante de arroz.

Jiro se aproximó para escuchar mejor cada palabra.

–Furukawa, el hijo de un gordo pez soplón, se hallaba allí en el umbral abanicándose. De repente, una hermosa viudita se desmayó, justo sobre su abotagado cuerpo. Uno de los ancianos que se encontraba en la procesión le rogó que los dejara entrar en su oficina hasta que la pobre muchacha recobrara el conocimiento. Dos horas más tarde, uno de los hombres de Furukawa escuchó ruidos extraños. Cuando entró en la oficina, lo encontró allí, amordazado con su propia banda.

–¿La procesión funeraria? –Jiro hablaba en voz baja, a pesar de la emoción que sentía.

Sano asintió.

—Llenaron el ataúd de arroz y prosiguieron su camino, dejando al comerciante atado y amordazado, destilando veneno como un verdadero pez soplón.

—¡Saburo!

Sano asintió de nuevo.

—Tuvo que ser. Nadie es tan inteligente como él.

Hanji sonrió.

—Bien, al menos habrá algunos estómagos llenos esta noche.

Se incorporó.

Jiro se puso de pie con reticencia. Deseaba que Sano le diera más detalles, o incluso escuchar de nuevo algunas de las hazañas anteriores del legendario Saburo; no obstante, se inclinó para despedirse y siguió a su padre al vestuario.

Afuera, los zuecos de madera golpeaban contra el empedrado.

Jiro se sentía caliente y adormilado por el baño; mientras caminaba, soñaba con el maravilloso bandido.

—Me pregunto cómo lucirá en realidad.

—¿Saburo? Reza para que nunca lo sepas. Las autoridades nunca lo atraparán si sigue apareciéndose bajo mil disfraces.

—¿Es cierto que comparte con los pobres lo que roba?

—Eso dicen.

—Entonces no es realmente malo, ¿verdad? ¿Aunque sea un ladrón?

–Siempre es malo ser un ladrón, así tu nombre sea Furukawa, el mercader de arroz, o Saburo el forajido. Sin embargo, mientras el gobierno no considere conveniente castigar al primero, debemos esperar que no atrape al segundo.

Jiro se volvió instintivamente para asegurarse de que nadie los escuchaba. Algunas veces su padre no era tan cuidadoso como debiera serlo.

Capítulo II

EL BANQUETE

Hanji guardó la marioneta en una caja de madera. Desde el extremo de su negra peluca de guerrero hasta los pies vendados, medía cerca de un metro con cuarenta, casi el tamaño de Jiro. El vestido se encontraba cuidadosamente doblado a su lado; a Yoshida le agradaría ensamblar personalmente la marioneta. El cuello reposaba sobre una tabla acolchada, y el armazón que se extendía hacia abajo desde el cuello había sido introducido por el hueco de la tabla. Sobre el armazón se hallaban las palancas que, al oprimirse, movían los ojos o levantaban las hirsutas cejas. La boca de este guerrero había sido tallada y pintada, aunque en ciertas ocasiones Hanji fabricaba marionetas con boca movible. Los brazos estaban atados con cuerdas a los extremos de la tabla. El brazo derecho, que descansaría en la mano derecha del operador principal, tenía una palanca en la muñeca; el brazo izquierdo, sin embargo, tenía una vara de aproximadamente treinta centímetros atada al codo; allí estaba colocada la palanca para mover los dedos, pues el operario de la mano izquierda no podía situarse tan cerca de la marioneta como lo hacía el operario principal.

El papel acartonado, que sería utilizado para el pecho y la espalda de la marioneta, estaba atado a la tabla. En la parte inferior del papel se hallaba un aro de bambú que bajo el vestido conformaría las caderas de la marioneta. Al lado del aro había una vara fija de bambú que Yoshida o algún otro operario principal podría usar para levantar la marioneta cuando lo deseara. Las piernas colgaban de la tabla. Lucía como un extraño esqueleto que le fruncía el ceño a Jiro; pero habían terminado, lo cual significaba comida durante unas pocas semanas, así que Jiro le sonrió al ceñudo rostro. Hanji cubrió suavemente la caja con una tela grande.

–¿Vamos?

–¿Puedo acompañarte? –su padre no acostumbraba llevarlo al Hanaza. Se trataba de negocios, no de juegos para niños.

–No permitas que vaya. No ha barrido la cocina ni ha traído el agua para la cena –exclamó Isako desde la habitación interior.

–Podrá hacerlo en cuanto regresemos. No tardaremos.

–Lo olvidará.

–No, no lo olvidaré –Jiro siguió al padre hacia la puerta delantera de la casa, donde bajaron un peldaño. Allí se pusieron los zuecos.

–Regresaremos de inmediato –exclamó Hanji.

–Dense prisa –respondió Isako malhumorada.

Les tomó cerca de quince minutos llegar a Dotombori, la calle de las diversiones, donde estaba situado el teatro de Yoshida, el Hanaza. Era una calle maravillosa para cualquier muchacho. A diferencia de las otras calles de la ciudad, siempre bullía de actividad. Damas alegremente vestidas y maquilladas se pàseaban calle abajo en sus altos tacones, riendo y conversando detrás de los abanicos. Había juglares y magos que ofrecían sus trucos a pequeños grupos de transeúntes; solicitaban monedas a la audiencia, pero recibían pocas. Había muchos mendigos en Dotombori. Jiro vio a una pordiosera con un bebé atado a la espalda. La pequeña cabeza estaba cubierta de moretones y aunque el bebé lloraba lastimeramente y la vieja bruja asía los vestidos de quienes pasaban a su lado, nadie le prestaba atención. Había demasiada gente con hambre para prestarle atención a alguno de ellos.

–Hemos llegado –Hanji se detuvo frente al Hanaza. La entrada tenía sólo cincuenta centímetros de alto y unos pocos centímetros de ancho. Yoshida no deseaba que alguien se introdujera sin pagar. Hanji llamó:

–¡Por favor! Soy Hanji, el fabricante de marionetas.

Una cabeza, que Jiro creyó reconocer como la de Mochida, uno de los operarios de la mano izquierda, asomó por la estrecha apertura.

–Hanji. Eres tú –se retiró hacia adentro–. Pasa. El maestro está lleno de impaciencia por ver la nueva marioneta.

Hanji le entregó la caja a Mochida, y luego él y el muchacho pasaron a gatas por la apertura. Dejaron los zuecos en la tierra pisada de la entrada y siguieron al operario hacia el teatro. La representación de aquel día había terminado y el teatro estaba vacío. Vacío excepto por el aroma de la comida que preparaban. Jiro inhaló profundamente. Comida.

–Está creciendo como un joven bambú, ¿eh, Hanji? –el titiritero señaló a Jiro con la cabeza.

–¿Lo crees? Mi mujer y yo pensamos que está pequeño para su edad.

–¿Eso creen? No puedo juzgar correctamente a los humanos, sólo a las marionetas –replicó Mochida amablemente.

Jiro se humedeció los labios. Hubiera deseado que no lo mencionaran. Cuando advirtió que se humedecía de nuevo los labios, inclinó la cabeza avergonzado y siguió a los hombres a través del teatro vacío. Salieron por una puerta lateral, cerca del escenario, hacia el ala occidental donde se hallaban los camerinos y las habitaciones de los titiriteros.

Tuvieron que abrirse camino entre un grupo de hombres reunidos en el estrecho pasillo, algunos de los cuales saludaban al fabricante de marionetas cuando los rozaba. En ese momento, se escuchó un alarido.

–¡Inútil, hijo de un apestoso pulpo! ¡Si te atreves siquiera a mover un músculo, te haré papilla los huesos!

–Ah –observó Mochida. El maestro parece estar en el patio de atrás.

Hanji y Jiro se pusieron unas sandalias que les entregaron en la puerta y siguieron a Mochida hacia el patio. Las alas donde se encontraban los camerinos y la parte de atrás del teatro rodeaban tres costados del patio empedrado; contra la pared del fondo había un cobertizo para la cocina, una casa para el baño y una enorme bodega hecha de adobe que sobresalía de la pared. Bajo la luz, que se desvanecía con rapidez, se hallaba Yoshida, el maestro de las marionetas, con una pequeña vara de bambú en la mano. Frente a él se encontraba un muchacho aproximadamente de su misma estatura, que parecía más alto por la forma como erguía orgullosamente sus jóvenes hombros.

–Yoshida –comenzó a decir Mochida–. Hanji te ha traído una marioneta.

Yoshida pareció ignorar a Mochida. Asestó una tremenda patada, que hubiera debido lanzar al muchacho sobre los guijarros, pero el muchacho, impasible, conservó el equilibrio.

–¡Se movió! –les gritaba el titiritero a todos y a nadie–. ¡Se movió! La marioneta debía permanecer inmóvil y ésta, esta porquería que se llama a sí mismo un operario de pies, ¡se movió! –le atravesó la mejilla de un golpe súbito con la vara de bambú. El muchacho parpadeó, pero no retrocedió ante el golpe.

–¡Apártate de mi vista! Siéntate en un rincón y aprende a permanecer inmóvil. ¿Me oyes? –nadie hubiera podido evitar escuchar a Yoshida, pero éste repitió–: ¿Me oyes?

El muchacho se inclinó en una especie de reverencia y caminó, con la cabeza en alto, pasando al lado de Jiro, hacia el ala occidental de los camerinos. Jiro lo observó hasta que desapareció por la puerta. ¡Qué persona tan singular! No había desafiado exactamente al maestro de las marionetas, pero...

–Ahora –dijo el titiritero en su tono de voz habitual, mientras se volvía hacia los invitados–. ¿Qué nos has traído, Hanji?

Hanji levantó la tela de la caja que Mochida continuaba sosteniendo.

–Bien –dijo Yoshida, mientras estudiaba con cuidado la marioneta–. Llévala a mis habitaciones. Deseo probarla antes de pagarte.

El fabricante de marionetas se inclinó y se hizo a un lado. La pequeña procesión siguió a Yoshida hacia su camerino, situado en el ala occidental. Allí, la estera de junco que cubría el suelo era vieja y manchada; aunque los cojines que Mochida les puso habían sido elegantes alguna vez, la seda lucía ajada e incluso estaba remendada con parches de lino basto. Era el aroma de la cena lo que le daba al lugar un aire de opulencia.

Mochida movió una mesa baja hacia el centro de la habitación; mientras tanto Yoshida abría la caja y ensamblaba la marioneta. Mochida disponía escudillas y palillos para comer sobre la mesa.

Jiro no quería ilusionarse vanamente. Comida. Los titiriteros tenían comida. No sólo eso, tenían suficiente comida para compartir. Imposible. Hanji había aguardado a que la función del día terminara, y por eso había llegado accidental pero inoportunamente a la hora de la cena. Con seguridad, Mochida esperaría a que Jiro y su padre partieran para servirle al maestro. Sin embargo, en la mesa había cubiertos para tres.

Los hombres continuaron con la discusión; mientras tanto, Yoshida puso las manos dentro de la marioneta y, sin realmente mirarla, comenzó a probar los mecanismos.

El fiero guerrero cobró vida. Las cejas se levantaron, el brazo derecho se elevó en un gesto de desafío. Los ojos se movieron enojados de un lado para otro. Jiro tuvo la desagradable sensación de que la marioneta samurai, con sus hirsutas cejas, veía a través de su cerebro y contemplaba sus ávidos deseos.

Luego Mochida trajo una olla con arroz hirviendo. Lo seguía un muchacho que sostenía una bandeja de cerámica cubierta, de la cual se escapaba un aroma de pescado y vegetales que serpenteaba seductoramente por la habitación. Mochida se arrodilló y se inclinó para indicar que la cena estaba lista; luego se retiró, seguido por el joven aprendiz, dejando la comida, la mesa dispuesta, y un muchacho a punto de desmayarse de hambre.

Yoshida colocó la marioneta en uno de los rincones de la habitación y luego, con un gesto, convidó a los visitantes a pasar a la mesa.

—No, no —protestó educadamente Hanji—. Acabamos de comer.

—Sé que es sólo basura —el titiritero empleaba un lenguaje cortés, pero era demasiado ronco para sonar educado—. Pero si me hicieran el honor...

—No gracias. Estoy seguro de que es un banquete... —la cabeza de Hanji estaba inclinada—, pero acabamos de cenar, y por descortés que parezca, debemos regresar a casa pronto.

¡Oh, no! Jiro se moría. No había tiempo para formalidades. Estaban muertos de hambre; al menos él lo estaba. Y el titiritero no sólo les estaba ofreciendo arroz, sino pescado y sopa de vegetales; quizás incluso té verde.

—Insisto —la voz de Yoshida era profunda y dominante—. Lo tomaré como una ofensa personal si rehúsan compartir mi cena.

—Ah —dijo Hanji—. No debe usted tomarlo de esa manera. Es sólo que...

—No, pero me sentiré ofendido...

—Entonces perdone usted nuestra descortesía —Jiro se dirigió hacia el cojín al lado de la mesa y se sentó—. Humildemente aceptamos su hospitalidad —levantó la vista para mirar a su padre, quien abría los ojos con gran sorpresa.

¿Qué le había sucedido? Debía de estar loco del hambre; eso era. En su sano juicio jamás habría cometido tan imperdonable descortesía.

Durante un horrible momento, ninguno de los dos hombres habló. Luego el maestro de las marionetas rió, quizás un poco exageradamente. En todo caso, rió.

–Bien, bien –dijo–. Terminemos con las gentilezas. Yo también tengo hambre –se volvió hacia Hanji, que permanecía donde estaba antes, atónito ante la increíble malacrianza de su hijo–. Vamos, Hanji. Intenta forzarte a comer un poco de esta pobre comida.

«Hubiera debido atragantarme con ella», pensó Jiro. De todas las estupideces que había hecho en la vida, ésta era, sin lugar a dudas, la peor de todas. Había humillado a su amable padre ante Yoshida, el hombre de quien dependía económicamente. En los viejos tiempos, los hombres se suicidaban por menos. Sí. Según las leyes, Jiro se hubiera debido atragantar, o al menos, la comida se hubiera debido hacer polvo en su boca. Por el contrario, tenía el sabor de un banquete celestial. Comía con rapidez, con la cabeza inclinada sobre su escudilla, para no enfrentar la mirada de su padre; apenas hubo terminado, permitió que Yoshida la llenara de nuevo, una y otra vez. Daba lo mismo ser castigado por un estómago lleno, que por uno medio vacío.

No se escuchaba sonido alguno del lado de la mesa en que se hallaba su padre. Jiro no se atrevía a levantar la mirada para ver si su padre comía. Los ruidos que él hacía al comer el arroz y la sopa de pescado eran los únicos que se escuchaban. Finalmente, muy a su pesar, la bandeja se vació. Vio cómo Yoshida colocaba la pesada tapa de madera sobre la marmita de arroz, que también debía de estar vacía. Yoshida batió las palmas, y Mochida apareció con el té.

–Fue un banquete –murmuró Jiro, sin atreverse todavía a mirar a su padre.

–Un banquete –repitió su padre como en eco.

–No fue nada, pura basura –replicó el titiritero–. Hanji –añadió Yoshida de repente–, este potro tuyo me sorprende.

–No tiene modales –Hanji habló en una voz tan baja que la piel de Jiro se erizó.

–Ah, modales, eso puede enseñarse, pero espíritu... eso es un don de los dioses.

En el silencio, Jiro miró de reojo a su padre. La cabeza del fabricante de marionetas estaba inclinada, pero Jiro podía advertir su frente ruborizada por el enojo o la vergüenza. Se apresuró a inclinar la suya.

El titiritero prosiguió.

–Si llega el día en que no necesites de él en tu tienda, házmelo saber. Lo único que le falta a un potro es disciplina –rió un poco–. Soy famoso en este campo.

–Usted es demasiado amable.

–No soy demasiado amable, Hanji.

Para desgracia de Jiro, ninguno de los dos hombres prosiguió con la conversación. ¿Qué deseaba que dijeran? No lo sabía. No deseaba abandonar su hogar; no porque allí fuera especialmente feliz, sino porque era un lugar conocido y porque su padre habitualmente era bueno con él. Sin embargo, había padecido tanta hambre, y aquí en el teatro tenían comida, comida deliciosa que reconfortaba el cuerpo. La vida de teatro era emocionante: actuar ante los comerciantes ricos de Osaka, recibir aplausos, y una vez que hubiera terminado el aprendizaje, recibir dinero. No obstante, la imagen de Yoshida, con su vara de bambú era aún más fuerte. ¿Qué les sucedía a los aprendices torpes? Algunas veces, el padre de Jiro lo castigaba con palabras o con silencios, pero jamás lo golpeaba. No obstante, quizás si viniera al teatro dejaría de ser torpe. Quizás su torpeza se debía al hambre y al hecho de haberle causado pena a su madre con su nacimiento.

Cuando abandonaron el teatro, con el dinero en la mano, Yoshida repitió:

—Si cambias de idea acerca del muchacho...

Hanji se inclinó y murmuró algo que Jiro no pudo comprender. Jiro se inclinó a su vez, en lo que creía sería una reverencia enérgica; nunca se había considerado «brioso», así que no sabía cómo representar el papel.

Se dirigieron a casa en completo silencio. Jiro cargaba la caja vacía bajo el brazo y la tela doblada entre su banda. Intentaba pensar en algo que le transmitiera su arrepentimiento a su padre, pero desde que Yoshida se había referido a él como «brioso», halló que todas las excusas que formulaba en su mente carecían de sinceridad. Si este espíritu era un don de los dioses, algo con lo que había nacido, con lo que había nacido... «¡Ayy! No se lo digas a mi madre», rogaba en silencio. «No lo hagas, por favor no se lo digas a mi madre. Ella me odia. ¿Qué hará si descubre que te humillé ante Yoshida?» Ahora el remordimiento era completamente sincero, pero no hallaba las palabras apropiadas para expresar cuán profundo era. Todo su cuerpo se tornó frío como si lo hubieran sumergido en un pozo sin fondo.

—Le compraremos un poco de arroz y vegetales a tu madre.

—Sí —la voz de Jiro era alta y aguda—. Sí, claro está. Se sentirá feliz de poder disfrutar de una cena buena.

Y lo estuvo. Chasqueaba los labios después de cada bocado de la manera más grosera. No parecía advertir que su esposo y su hijo comían menos que ella. Su esposo recordaba, quizás, que ya había cenado aquel día, y su hijo, el miedo que lo embargaba al pensar en la conversación que tendría lugar después de la cena. Jiro miraba a menudo a su padre para adivinar en su rostro lo que diría. No obstante, el rostro del fabricante de marionetas era una máscara de serenidad.

—Jiro —dijo su madre con la boca llena—. Disfrutaría más la cena si dejaras de golpear los palillos contra tu tazón.

Jiro miró apresuradamente a su padre y colocó los palillos sobre la mesa con cuidado.

Cuando su madre terminó el último grano de arroz y colocó los palillos sobre el pequeño soporte tallado, suspiró feliz.

—Ah, qué bueno estaba.

Jiro se puso de pie de un salto.

—Yo lavaré —dijo—. Disfruta del té. Yo me ocuparé de todo.

Su madre arqueó las cejas.

—Un poco de comida hace milagros.

—Me complace poder ayudar.

—Está bien, muchacho, está bien —la voz del padre sonaba excesivamente paciente.

«No digas nada acerca de lo sucedido». El muchacho miró a su padre a los ojos y rogó en silencio: «No se lo digas. Nunca me lo perdonaría».

–Esta bien, muchacho, anda –pero Jiro no pudo saber si su plegaria había sido escuchada.

Hizo a un lado la mesa de trabajo y puso, como siempre, el cobertor sobre el piso del taller. En la habitación interior, sus padres se disponían también a acostarse. Escuchaba con todas sus fuerzas. Su padre aún no lo había traicionado. Su madre había estado en los baños públicos y le relataba los chismes que había escuchado; su padre ocasionalmente asentía o reía. Quizás su padre estaba aguardando a que él se durmiera. Se incorporó con rapidez. Se le ocurría que si permanecía despierto su padre no le diría a su esposa cómo Jiro había saltado sobre el cojín en el camerino de Yoshida, y cómo había aceptado la invitación de Yoshida. Estaba loco. Debía de estar loco. Nadie en su sano juicio aceptaba una invitación de esa clase. «Nadie, excepto yo», pensó con tristeza. «Soy un esclavo de mi estómago. Como un perro callejero».

Recordó la amonestación del código de los samurai: *Cuando tengas hambre, móndate los dientes.* ¡Qué valor! Si sólo pudiera ser como ellos, que se morían de hambre con el pequeño estipendio de arroz que recibían del gobierno, pero eran demasiado orgullosos para protestar. Mientras que él, Jiro, sólo porque tenía hambre, había avergonzado a su padre. Y hubiera podido esperar. Sabía que en cuanto Yoshida les pagara, tendría comida. Pero no había podido esperar. ¿Por qué no podía esperar?

¿Por qué no había esperado unas pocas horas más? Y si él mismo no podía comprenderlo, ¿qué pensaría su madre? ¡Ara! Él era como los ronin, sin orgullo, sin modales: matones, ladrones, capaces incluso de matar a un hombre por un nabo.

–Algo ocurrió hoy en el Hanaza –la voz de su padre sonaba un poco distante, como si ya estuviera acostado, pero los oídos de Jiro, aguzados por la ansiedad, escucharon cada una de las terribles palabras.

–¿Oh?

–Yoshida le tomó afecto al muchacho.

–¿A Jiro? ¿Cómo puede ser?

–No lo sé exactamente. Pero se ofreció a recibirlo en el teatro.

–Seguramente comprendiste mal.

–Oh, no. Yoshida no se anda con rodeos. Lo dijo muy claramente.

–Bien. Supongo que nunca lo considerarías.

–Supongo que no. Sin embargo... Allí parece haber suficiente comida –dijo Hanji–. El muchacho siempre está con hambre.

–¿Cómo sabes que tienen mucha comida?

Jiro se preparó. Ahora se lo diría todo.

–No tratan de ocultarlo. El aroma de la comida se esparce por todas partes.

–Eso es una estupidez.

–No es muy prudente en estos días. Y luego –continuó Hanji–, Yoshida nos invitó a compartir su cena.

–Sólo por cortesía.

–Naturalmente. Pero aun así, comen bien.

–Eso es absurdo. Nadie come bien en Osaka, con excepción de los comerciantes de arroz – comentó Isako–, y Saburo.

Hanji rió.

–Eso dicen.

–No se necesita mucho repollo para fabricar un buen aroma.

–No, supongo que no, pero sin embargo...

–Pareces ansioso por deshacerte del muchacho.

–Oh, no. Es sólo que...

–Claro que si realmente fuera una ayuda para ti...

«Oh, él me ayuda. Es una gran ayuda».

–Vamos, hombre, el muchacho tiene la delicadeza de un búfalo acuático.

–No exageres. Su único problema es que es demasiado joven.

–Bien, no se lo desearía a Yoshida. Tú tampoco, excepto que es tu hijo. Siempre podremos esperar que algún día...

–¿Entonces piensas que no debo considerar el ofrecimiento de Yoshida?

–No con mayor seriedad que con la que fue hecho.

–Está bien. Está decidido.

–Que duermas bien.

Jiro se cubrió la cabeza con el cobertor y se tapó la boca con la almohada hecha de cáscara de arroz. No podía permitir que lo escucharan llorar.

Capítulo III

YOSHIDA KINSHI

Una tarde septembrina, poco después de la caída del sol, un pequeño grupo de monjes Komuso se aproximó a la entrada del comercio de arroz de Yamamoto; rogaban que les dieran una limosna. Llevaban los sombreros tradicionales en forma de cesta; tañían sus flautas tan lastimeramente, que el guarda, un hombre emotivo, dijeron después, tuvo dificultad para contener las lágrimas. Les abrió la puerta, aunque luego no pudo explicar por qué había cometido aquella insensatez; eran hombres santos y tenían hambre. Lo más seguro era que cualquiera hubiera hecho lo mismo en su lugar. En todo caso, los monjes aparecieron pocos minutos después y se dirigieron a las afueras de la ciudad. A la mañana siguiente, los dependientes hallaron al guarda atado como un pollo en un asador, y éste les relató cómo los sacerdotes, que lucían tan amables al otro lado de la puerta, lo habían sometido por la fuerza una vez se hallaron dentro. En el interior de las cestas había compartimientos secretos donde ocultaron arroz y dinero; luego se colocaron las cestas de nuevo en la cabeza, se inclinaron profundamente y lo abandonaron allí. Juraba que todavía podía escuchar las flautas una hora o más después de su partida.

«¡Saburo!», susurraban todos. El héroe del pueblo había sido más listo que los ricos.

En colaboración con el gremio de comerciantes de Osaka, los daimyo ofrecieron una recompensa de quinientos ryos por la información que condujera a la captura del forajido.

En el taller de marionetas, el dinero obtenido por la marioneta del guerrero se había terminado hacía tiempo, y la nueva marioneta aún no estaba lista. Yoshida había ordenado una princesa joven y bella, pero cuando Hanji la llevó, Yoshida la devolvió.

«Dijo que había algo cínico en su expresión», explicó Hanji.

Para Jiro, el rostro de la princesa expresaba lo que él sentía; hambre. ¿Cómo podía esperar Yoshida que su padre trabajara cuando permanecían doblados por los calambres en el vientre? Sin embargo, era culpa de Jiro. Él lo sabía. Comía más que sus padres y, ¿en qué les ayudaba? Ayer había vertido una botella de pintura y hoy había arruinado una pieza de seda. «Quizás tu madre pueda utilizarla para hacer cuellos o crinolinas», dijo su padre.

Su madre rompió a llorar cuando vio lo que había hecho; apenas se estaban recobrando, cuando llegó un mensajero de parte de Yoshida, anunciando que éste deseaba cancelar la orden de la marioneta. Las entradas habían disminuido y no podrían representar el drama histórico. Okada, el principal recitador, había comenzado a trabajar en un nuevo manuscrito, una obra de teatro más moderna, que quizás atraería una mayor audiencia durante el otoño. En cuanto supieran qué marionetas adicionales se requerirían, le enviarían una nueva orden al fabricante.

Isako cesó de llorar y comenzó a maldecir:

–Ese bastardo hijo de un ronin. ¿Qué cree que comeremos entre tanto, aserrín? ¡Ojalá pase toda la eternidad como operario de pies del demonio!

–Calla, mujer, calla. Los tiempos están difíciles para todos. Debe hacer lo que crea más conveniente para él. Tiene muchas bocas para alimentar en el Hanaza. Debe de haber más de treinta personas allí. Nosotros somos solamente tres. Nos las arreglaremos.

–Defiendes a esa escoria sin casta.

–Proviene de una casa que antiguamente fue noble.

–Lo mismo podría decirse de algunas ratas.

El mensaje de Yoshida tuvo un efecto diferente sobre Jiro. Tomó una determinación. Asumiría todo por sí mismo. Se dirigiría a casa del titiritero y diría que Hanji lo había enviado. Una vez que hubiera ingresado al teatro, su padre no se atrevería a retirarlo por temor a ofender a Yoshida. Y lo poco que ganara allí, podría entregárselo a sus padres. Su madre incluso se sentiría orgullosa de eso. Sentiría que Jiro había saldado parte de la terrible deuda de haber nacido y sobrevivido, desangrando sus precarias vidas como una sanguijuela en un buey famélico. Les daría felicidad, orgullo y comodidades en su vejez. Reunió sus pocas piezas de ropa y salió furtivamente por la parte delantera del taller.

Era temprano en la tarde y el teatro estaba en plena función. Jiro podía escuchar la voz de Okada, el recitador principal, media calle abajo. Para su deleite, pudo incluso reconocer la pieza. Su padre solía llevarlo al teatro cuando era más pequeño, en la época en que la hambruna no había sido tan intensa. Era un drama doméstico de Chikamatsu Monzaemon llamado *El mensajero del infierno*. Era la tragedia de un hombre a quien las deudas lo habían conducido al suicidio. Incluso setenta años antes, cuando Chikamatsu aún vivía, los ricos comerciantes acosaban a los pobres, incitándolos a robar y a matar.

El guardia estaba sentado con las piernas cruzadas sobre una plataforma de madera cerca de la estrecha puerta. Jiro lo reconoció de inmediato. Era el joven aprendiz que Yoshida había castigado aquella tarde de verano en que Jiro se había desacreditado. Ahora contemplaba a Jiro con suspicacia.

—Perdone —Jiro se inclinó de la manera más cortés que conocía—. Soy el hijo de Hanji, el fabricante de marionetas. Debo hablar con Yoshida.

–Oh –respondió el aprendiz–, no tendrá tiempo para verlo hoy. La función tardará otras cuatro horas en terminar, y ensaya para la función de mañana cuando no se encuentra en el escenario. Elegiste un mal momento.

El rostro de Jiro debió expresar decepción, porque el muchacho mayor dijo amablemente:

–¿Es urgente?

Jiro asintió. ¿Cómo podría regresar a casa ahora? Y si no era aceptado por Yoshida antes de que su padre viniera a buscarlo, todo su plan se derrumbaría para su propia desgracia.

–En realidad debo ver a alguien de inmediato.

–"Alguien' puedo ser yo, ¿verdad?

Jiro se ruborizó.

–Alguien que...

El muchacho rió y disipó con un gesto la incomodidad de Jiro.

–No puedes ofenderme. He sido tan poca cosa durante tanto tiempo que mi rostro está a punto de disolverse. Dirígete a la entrada occidental de la callejuela y grita. Mi madre probablemente abrirá la puerta. Pide ver al viejo Okada.

–¿Al recitador?

–A los recitadores siempre les agrada pensar que están a cargo de todo. Pronto tendrá un receso, así que podrás hablar con él ahora mismo.

Jiro le agradeció.

–¿Te agrada trabajar aquí en el teatro? – preguntó impulsivamente.

El muchacho mayor se encogió de hombros.

–Hay momentos buenos. Cuando te pagan, por ejemplo.

–Pero yo pensé que ya eras un operario.

–Oh sí. El verano pasado. Después de cuatro años de abrir y cerrar el telón y cobrar el dinero, Yoshida me permitió operar los pies de una marioneta en el escenario. Sin embargo, un día hubo mucho polvo y estornudé. Ahora debo abrir el telón y volver a cobrar el dinero. Cuando muera, probablemente seré inmortalizado: «Yoshida Kinshi, el más viejo y experimentado en telones».

–¿Yoshida?

–Sí, mi padre. Si hubiera dependido de mí, no hubiera llevado su nombre, créeme –el muchacho mayor rió–. Y si hubiera dependido de él, tampoco me lo habría dado; ciertamente no a mí.

Jiro sonrió con sinceridad.

–Me alegra conocerte. Espero que me reciban en el teatro. Por favor, sé amable conmigo.

Kinshi sonrió a su vez.

–Buena suerte. Bien, como dije, busca a Okada. Dicen que hace treinta años era más atemorizante que mi padre, pero ahora no podrías adivinarlo. Quizás la ceguera torna mansos y sentimentales a los hombres. En todo caso, eres precisamente su tipo. Te contratará antes de que mi padre haya terminado el tercer acto – hizo una pausa–. ¿Realmente quieres ingresar al Hanaza? ¿Estás seguro?

–Estoy seguro.

Jiro corrió frente al teatro y volvió por la callejuela

en dirección a los camerinos. La puerta estaba cerrada, pero gritó y una mujer gorda abrió.

–¡Shhhh! Tonto. Estamos en función.

–Lo siento –dijo Jiro contrito–, pero debo hablar urgentemente con el recitador Okada. Me dijeron que podría verlo durante el próximo receso.

La mujer gorda lo miró con recelo.

–Si tratas de entrar sin pagar...

–Oh, no. Soy el hijo de Hanji, el fabricante de marionetas. Puede preguntarle a Mochida o a Yoshida...

–Se encuentran en el escenario.

–O a Yoshida Kinshi...

La expresión de la mujer se tornó más dulce y se hizo a un lado para que el muchacho pudiera pasar.

–Okada todavía está recitando –dijo–. ¿Deseas verlo desde la parte de atrás del escenario?

Lo condujo por el pasillo de los camerinos hacia un costado del escenario. Desde el lugar que le indicó a Jiro, éste podía ver tanto el escenario como la plataforma sobre la que se sentaba Okada con el músico, quien acompañaba con el samisen la recitación del relato. El libreto se hallaba sobre un atril lacado, y Okada se inclinaba hacia adelante cada cierto tiempo para volver las páginas: este gesto era aún más conmovedor si se tenía en cuenta que el recitador estaba completamente ciego. Conocía cada palabra de cada obra de memoria y aun así, justo en el momento apropiado, se inclinaba y volvía la página.

Tenía un maravilloso rostro de anciano, surcado de arrugas y de un color marrón rosado, semejante al de un durazno en conserva. Okada torcía la boca hacia un lado y con los labios fruncidos, imitaba la voz de la madre del infortunado héroe, que ordenaba a su hijo pagar a los acreedores. A su lado, el tañidor de samisen pulsaba las cuerdas que indicaban a la audiencia el desenlace fatal hacia el que se dirigía inexorablemente el personaje. El rostro del músico, sin embargo, permanecía tan impasible como un estanque. Todas sus emociones provenían de las tres cuerdas del instrumento, pulsadas con la enorme púa que sostenía en la mano derecha.

En el escenario, todos los operarios estaban vestidos de negro y llevaban delgadas caperuzas negras para ocultar sus rostros. ¿Cuál sería Yoshida? Había tres marionetas en escena: el infortunado Chubei, su anciana madre y Hachiemon, el acreedor. Cada marioneta tenía, naturalmente, tres operarios. El operario principal se hallaba de pie sobre unos altos zancos de madera, que lo elevaban cerca de quince centímetros sobre los asistentes. A un costado trabajaba el operario de la mano izquierda, quien coordinaba la mano izquierda de la marioneta con la cabeza y con la mano derecha. Inclinado en medio de ellos se hallaba el operario de los pies. No obstante, Jiro olvidó con rapidez la presencia de estos hombres. Parecían mucho menos reales que las marionetas, cuya tragedia se desarrollaba ante él mientras que la voz mágica de Okada tejía una red de temor en torno a la audiencia.

El acto terminó demasiado pronto. El público aplaudía estrepitosamente. Okada levantó el libreto y se inclinó en una reverencia. Luego él y el músico abandonaron la plataforma del recitador. Jiro oprimió su cuerpo contra la pared para dar paso a la ruidosa procesión de titiriteros. Tres muchachos aproximadamente de su edad entraron con rapidez a cambiar los decorados para el siguiente acto.

La mujer se hallaba a su lado.

—Okada se encuentra ahora en su camerino.

Jiro la siguió por la parte de atrás del escenario hacia el patio. Lo atravesaron y entraron de nuevo en el enorme edificio por el costado oriental. Allí se encontraban los camerinos de los recitadores y de los músicos. Hanji le había explicado alguna vez que preferían mantenerse alejados de los titiriteros, a quienes estos artistas consideraban un grupo de obreros ruidosos y sentimentales, según decían.

Okada se volvió cuando los escuchó entrar. Jiro se arrodilló e inclinó la cabeza sobre la estera. Tenía la sensación instintiva de que el anciano ciego sabría, aunque no pudiera verlo, si omitía alguna cortesía.

—Pasen —era la voz de un anciano fatigado. La magia se había evaporado.

—Debe perdonarme, señor. Lo interrumpo cuando está usted muy ocupado.

—Eres joven, y no eres uno de los nuestros.

—No, señor, soy Jiro el hijo de Hanji el fabricante de marionetas. Le ruego que perdone mi descortesía si me ocupo sin rodeos del asunto que me trae aquí.

—No me ofende la franqueza, hijo.

—¿Me haría usted el honor de permitirme ingresar en el Hanaza como aprendiz?

–¿Deseas convertirte en un artista o en un músico?

–Carezco de talento para ambas cosas, señor.

Okada volvió sus ojos ciegos directamente hacia el muchacho.

–¿Habla la verdad o la humildad?

–La verdad, señor. Carezco de humildad tanto como de talento.

Okada rompió a reír, con un chisporroteo que le hacía temblar el frágil cuerpo.

–Muy bien. Te enviaré a Yoshida. Siempre anda buscando un espíritu para domarlo. Dile a la señora Yoshida que di orden de que te alimentaran, pero creo que es mejor esperar hasta mañana para presentarte ante Yoshida. No siempre está del mejor humor después de una función –el anciano sacudió la cabeza sonriendo–. Pásame ese cobertor, ¿quieres? Tomaré una siesta antes del próximo acto.

Aquella noche, Kinshi ayudó a Jiro a redactar una carta para sus padres donde les anunciaba su nueva ocupación; luego Kinshi, quien no sólo ejercía gran influencia sobre el resto de los muchachos si no sobre su propio padre, envió a uno de los aprendices al taller del fabricante de marionetas a entregarla.

Kinshi persuadió a su madre de que le diera dos platos de sopa de fríjol a Jiro y compartió con él sus cobertores cuando los miembros casados del grupo se marcharon a casa y los demás pudieron acostarse en los camerinos, que les servían también de dormitorio.

Las cosas marchaban bien. Okada lo había recibido. Kinshi le había brindado su amistad. Naturalmente, todavía debía enfrentarse a Yoshida. Mientras yacía allí, lo asaltó el terrible pensamiento de que quizás su madre tuviera razón. Quizás su padre había comprendido mal a Yoshida. ¿Y si Yoshida no lo quería realmente? ¿Cómo reaccionaría cuando supiera que Okada había contratado un aprendiz a espaldas suyas? Tembló y se enroscó como una tensa bola bajo el cobertor, tratando de no pensar en los golpes de las varas de bambú.

De repente, se incorporó de un salto. Si no tenía talento para la recitación, ni para la música, ni para fabricar marionetas, ¿qué sucedería cuando intentara moverse dentro de aquel ritmo perfecto del teatro de las marionetas? Se sumergió de nuevo bajo el cobertor y pronto el sueño apartó esta mala visión.

Capítulo IV

EL HANAZA

Fue Isako y no Hanji quien apareció al día siguiente en el Hanaza durante la sesión de ensayos de la mañana. Jiro atravesó el teatro hacia donde le habían dicho que lo aguardaban, y la encontró de pie frente a la puerta de entrada, pequeña y enjuta, con los cobertores de Jiro enrollados y atados a la espalda.

No sabía qué le diría. Pasó a gatas por la estrecha entrada y se inclinó desgarbadamente.

Isako comenzó a enojarse por la banda que ataba el cobertor a su espalda. No parecía prestarle mucha atención a Jiro. Sus manos temblaban tanto que no conseguía deshacer el gran nudo sobre el pecho que sujetaba su carga. Resoplaba y tiraba inútilmente del nudo con las yemas de los dedos. Jiro avanzó hacia ella; deseaba ayudarle, a pesar de que Isako era una persona difícil de ayudar.

Isako sintió su intención de ayudarle.

–No, no. Yo lo haré. No seas tan impaciente. Tienes lo que deseas. Puedes aguardar un momento a que tu pobre madre te dé todo lo que tiene. Muchacho egoísta, egoísta –sacudió la cabeza como si se dispusiera a enjugar sus lágrimas, pero no había ninguna en sus mejillas.

–No entiendes, madre –rogó el muchacho.

–No. No lo entiendo –finalmente había conseguido deshacer el nudo y trasladar el pesado rollo de cobertores de su espalda a la calle–. Incluso cuando estabas en mi vientre, me sacrificaba por ti. Desde el primer desgraciado año de tu vida, cuando lo perdí todo, todo lo que amaba, dediqué mi alma a conservar el aliento en tus huesos. Tu padre y yo siempre te hemos dado lo mejor.

–Lo sé, por eso...

–Pero eso no significa nada para ti. Nunca intentaste realmente aprender su oficio. No eres tonto. Hubieras podido hacerlo si lo hubieras intentado. Ser un fabricante de marionetas, supongo, no era suficientemente interesante. Tenías que venir aquí donde están los aplausos y el dinero.

–No, madre, no digas eso. Yo...

–Matará a tu padre. No está bien de salud... pero tú no lo habrías advertido. Nunca supiste que estaba enfermo, ¿verdad?

Jiro se sintió desfallecer.

−No, no lo sabía...

−La única razón por la cual no te maldigo es porque eres el único hijo vivo de tu padre, aunque para ti eso no signifique nada, nada. Sin embargo... −dobló la banda y la colocó dentro de la apertura de su kimono−, sin embargo, maldigo el día en que te di a luz.

Jiro, debilitado por la furia de su madre, observó cómo la pequeña mujer caminaba calle abajo. Sus hombros se encogían; avanzaba tan rápido como lo permitían sus zuecos de madera. Hubiera deseado correr tras ella, abrazarla y hacerle comprender, pero ¿qué sucedería si lo rechazaba? Tomó los cobertores y regresó a gatas al teatro.

Cuando Jiro regresó, ya habían servido la sopa del desayuno en el camerino para los cinco muchachos que habitaban allí. Colocó sus cobertores en el rincón de la alacena, que Kinshi le había asignado la noche anterior, y tomó asiento al lado del muchacho mayor.

−¿Quieren que regreses a casa? −preguntó Kinshi, tomando un poco de cuajada de fríjol con los palillos y llevándosela a la boca.

−No −murmuró Jiro−. No lo creo.

−Tu madre está enojada.

−Sí.

−La profesión de las madres es estar enojadas. Las complace el malhumor más que un tazón de arroz −le dio un amable codazo a Jiro−. Se enfría tu sopa.

Jiro intentó sonreír. Y, como el insensible que era, supo que podría comer todo el tazón.

−Antes de que te ahogues en la sopa, amiguito, desearía presentarte al resto de nuestro miserable grupo.

Jiro levantó la vista de la escudilla. Los otros cuatro muchachos lo contemplaban fijamente.

−Oh, lo siento −se limpió la boca apresuradamente, y colocó la escudilla sobre la mesa.

−Este feo de aquí −Kinshi lo señaló con los palillos− se llama Wada, como escuchaste anoche. Después de mí, es el mayor. Tiene una mirada siniestra, lo cual significa que debes obedecerle, ¿no crees? Te sugiero que hagas lo que diga, mientras no interfiera con lo que yo digo. ¿Verdad, Wada?

Wada gruñó y continuó tomándose la sopa.

−Al lado del feo Wada, verás el rostro ancho y campesino de Minoru. Es bien parecido porque su madre era muy bella. Es ancho porque ha dedicado su vida con devoción al dios grande y gracioso del tazón de arroz. Nunca había existido un dios adorado por tan devoto sacerdote.

Minoru rió. Su liso rostro brillaba de placer ante las bromas de Kinshi.

−Y el pequeño Teiji −los palillos de Kinshi se detuvieron en el último muchacho− es hábil con las manos, pero no con la boca. Lo queremos mucho, no lo dudes, pero en una emergencia, no le pedimos explicaciones; tarda lo que dura una marea en completar una frase coherente. ¿Soy injusto contigo, pequeño?

−N-n-n-no −tartamudeó el chico, tan feliz como Minoru con las bromas.

—Ahora bien, Jiro. Los cuatro somos mayores que tú. Para ser tus mayores, no somos malos compañeros, pues tenemos tantos mayores sobre nosotros, que con la posible excepción de Wada, estamos tan vacíos de maldad como un nabo de vino en conserva. Sin embargo, todos nos sentiremos bien si te muestras obediente con nosotros, al menos durante la primera semana... ¿Verdad, Wada?

Wada gruñó de nuevo.

—No debes prestarle atención a Wada. Practica para ser un Yoshida, pero le tomará años acumular suficiente maldad en su cuerpo. Por eso se limita a gruñir: tiene miedo de que la maldad que ha guardado con tanto cuidado se escape de su vientre antes de estar completamente fermentada.

Teiji y Minoru rieron ruidosamente e incluso el feo Wada sonrió con reticencia. Se veía que todos adoraban a Kinshi. Y no era difícil comprender por qué. Tenía una forma de ser especial. Jiro recordaba cómo había permanecido impasible bajo la vara de Yoshida.

Jiro les sonrió alegremente a sus compañeros aprendices y luego se inclinó.

—Jiro, hijo de Hanji —murmuró con humildad—. Les ruego que sean buenos conmigo.

Poco después del desayuno, Yoshida llegó de su casa situada cerca de allí. Jiro había estado aguardándolo; creía que una vez terminado este encuentro inicial, se sentiría mejor acerca de la decisión que había tomado.

—Perdone, señor —Jiro se encontraba en la puerta del camerino del maestro de las marionetas, y se dirigió a él cuando éste se disponía a entrar.

–¿Sí? –en la penumbra del pasillo, Yoshida no parecía haberlo reconocido.

–Señor, le ruego que excuse mi osadía...

–¿Qué deseas? –preguntó Yoshida cortante.

–Soy... soy Jiro, el hijo de Hanji el fabricante de marionetas. Okada me ha contratado para ser su aprendiz.

–¿Okada? –Yoshida entró en su habitación con fuertes pisadas y tomó asiento sobre un cojín–. Bien, pasa.

Jiro se deslizó y se sentó frente al titiritero.

–Sí... me dijo que me reportara ante usted en la mañana.

–¿Lo hizo? ¿Verdad?

–Sí, señor.

–Oh, sí, ahora te recuerdo. Eres el del apetito.

Jiro inclinó la cabeza. Estaba ardiendo de vergüenza.

–Entonces tu padre decidió permitirte ingresar en el teatro, ¿verdad?

Jiro asintió.

–¿Por qué no se dirigió a mí directamente? ¿Por qué recurrió a Okada?

Jiro humedeció su labio inferior y lo mordisqueó con los dientes. Quizás si guardaba silencio...

–Bien, no tiene importancia. Te daremos una oportunidad. Luces muy delgado. El trabajo aquí es pesado; lo sabes.

Jiro asintió.

–No me asusta el trabajo.

–Oh, te asustará. Todos temen trabajar para mí –respondió el titiritero–. Bien, Yoshida Kinshi es el mayor

de los muchachos; Kawada Itcho es el mayor de los
ocho operarios de pies; Mochida Enzo es el mayor de
los seis operarios de la mano izquierda y yo soy el mayor de los cinco operarios principales. Hay quince
recitadores y músicos bajo las órdenes de Okada en el
ala oriental, pero ésos no son de tu incumbencia. Debes
preocuparte sólo de mí. Yo soy el maestro de las marionetas. Debes comprender eso.

–Sí, señor. Sí, comprendo.

–Lo harás antes de que hayamos terminado. Bien,
¿qué esperas? La función comienza dentro de una hora.

–Sí. Oh, sí, señor –Jiro retrocedió para salir de la
habitación a gatas, tan rápido como pudo. En el umbral,
se incorporó, se inclinó con torpeza y huyó.

Halló a Kinshi en el escenario con los otros muchachos, colocando el decorado para la función del día.
Se presentaría un drama histórico, pero no uno de aquellos dramas formales que los comerciantes encontraban
tediosos. Era *La batalla de Dannoura*.

–Una de las piezas favoritas de Yoshida –le informó Kinshi–. Es un texto maravilloso, que le permite hacer
gala de sus mejores técnicas. Le fascina la escena de 'La
tortura del Koto'.

–¿Tortura del Koto?

–¿No la conoces? Akoya, que es una cortesana y
música, oculta a su amante que ha escapado de la batalla; cuando los soldados enemigos vienen a buscarlo,
dice que no sabe nada acerca de ello. Uno de los soldados desea torturarla para obtener la información; el otro
se apiada de ella, y decide hacerla pasar por una prueba

para saber si dice la verdad. Le ordena tocar el koto, el samisen y el kokyu. Presume que un músico sensible cometerá un error si está angustiado y miente. Pero la muchacha se esfuerza por permanecer completamente tranquila y toca todo el concierto sin cometer un solo error. Entonces ellos deciden que es inocente y le permiten partir.

—Hace cerca de tres años, mi padre fabricó un par de manos de mujer con dedos móviles.

—Sí, eran las manos para la marioneta de Akoya. Y debieras ver cómo las usa Yoshida. Te colocaré detrás del telón para que puedas observar esa escena.

—Admiras realmente a tu padre, ¿verdad, Kinshi?

—Admiro a Yoshida el titiritero. No es lo mismo —una expresión que Jiro nunca había visto antes apareció en los ojos de Kinshi–. No puedes imaginar cómo me mimaba cuando yo era pequeño. Era peor que mi madre. Y yo —dijo Kinshi en voz baja—, yo lo adoraba en aquella época.

En ese momento entró Kawada, el operario principal de los pies.

—Veo que ustedes, muchachos, estarán preparados para la función de la próxima semana —sonrió y luego gritó—: ¿pero qué pasará con la función de hoy?

La cháchara cesó de inmediato. Kinshi sólo hablaba para dar instrucciones en un tono conciso y metódico, que sonaba más como el del viejo Yoshida de lo que al joven le hubiera gustado admitir.

Había llegado la hora de la función cuando Jiro se aproximó a Kinshi susurrando nerviosamente.

–¿Cómo sabré cuándo debo abrir el telón?

–Oh, es cierto. Realmente no conoces ninguno de los textos. Te diré lo que haremos. Le diré a los operarios de la mano izquierda que te hagan una seña con la cabeza cuando se dispongan a entrar. En ese momento, abres el telón, derecho... así –extendió los brazos y corrió un telón imaginario–. En realidad, es muy sencillo –la preocupación de Jiro debió reflejarse en su rostro, porque Kinshi le dio un golpecito amistoso.

–No te preocupes. Todos aquí aprendemos por el honorable sendero de los horribles errores.

Jiro tembló. Eso era exactamente lo que más le preocupaba.

Se enderezó tratando de lucir lo más erguido posible y permaneció detrás del telón al lado izquierdo del escenario. Cuando una de las marionetas, con sus tres operarios encapuchados, aguardaba el apunte de Okada o de uno de los recitadores, Jiro mantenía la vista fija sobre la figura encapuchada que se hallara más cerca de él, esperando la seña prometida. Abrió dos veces el telón sin equivocarse; se habría relajado un poco y habría observado la obra si no se le hubiera ocurrido que uno de los operarios podría olvidarse de hacer la seña o, peor aún, que él podría interpretar equivocadamente algún movimiento inadvertido de una de las encapuchadas cabezas.

Nadie aguardaba entre bambalinas cuando Akoya comenzó el concierto para los inquisidores. A pesar de su ansiedad, la atención de Jiro se dirigió a la adorable y graciosa figura, doblada sobre el koto, que parecía pulsar las cuerdas con los dedos. La voz de Okada hablaba del amor y del terror que sentía, en tanto que el músico a su lado hacía sonar su instrumento como una majestuosa arpa. La ilusión era completa. Jiro se olvidó de los tres hombres de negro. Sólo veía a la valerosa cortesana decidida a salvar la vida de su amante.

Cuando todo terminó sin problemas y Kinshi lo felicitó, el muchacho mayor dijo:

–Yoshida estuvo maravilloso, ¿verdad? Como te lo había dicho.

Le tomó a Jiro uno o dos minutos recordar que había sido Yoshida, junto con Mochida y Kawada, los que infundían vida a la marioneta fabricada por su padre.

–Sí, extraordinario.

A solicitud de Jiro, Kinshi no le asignó el trabajo de abrir el telón durante algún tiempo. Kinshi sustrajo de la casa de su padre copias de las dos piezas siguientes para que Jiro pudiera memorizarlas con anticipación. Cuando Jiro le objetó el haber tomado los textos sin autorización, el muchacho mayor rió.

–Tienes mucho que aprender, pequeño Jiro. En el Hanaza, si deseas algo es preciso robarlo. Nadie compartirá sus conocimientos ni sus materiales contigo. No es la costumbre. Un artista cuida sus secretos como un comerciante de arroz su dinero. Nunca regala nada.

–Pero tú... –protestó Jiro–. ¿Qué haces tú? Me has ayudado desde la primera noche.

–Eso –dijo Kinshi mientras sonreía lúgubremente– sólo confirma la opinión que tiene Yoshida de mí. Me irá mal, tonto que soy. ¡Pobre de mí! –dijo con burlona desesperación–. La sangre samurai que corría por las venas de mis antepasados se diluye cada vez más a medida que nos distanciamos en el tiempo de los portadores de espadas. Mi abuelo, aunque se vio obligado a convertirse en un ronin, respetó el código y continuó siendo un guerrero íntegro hasta el fin de sus días. Mi padre no fue un guerrero. Cuando eligió convertirse en un titiritero, para poder comer con regularidad sin robar, se separó para siempre de lo que se considera honorable en nuestra sociedad y perdió, entonces, su casta. Pero lo hizo con estilo... Se convirtió en el aprendiz de Okada en el teatro Takemoto.

–¿De Okada?

–Sí. ¿No lo sabías? Solía ser titiritero antes de quedarse ciego. Era un genio, según Mochida. Mi padre se convirtió en su discípulo, proponiéndose desde un principio, estoy seguro, superar a su maestro. Si Yoshida no podía ser un samurai, al menos produciría el mejor linaje de titiriteros que Osaka hubiera visto. Pero su propia sangre lo traicionó. Su único hijo es un tonto, que ahora finge ser titiritero. ¿Pero durante cuánto tiempo resistirá el impostor? Como diría Mochida, con su provisión de proverbios caseros: 'El cuervo que intenta imitar al cormorán, se ahoga' –pronunció las últimas palabras con un toque melodramático.

Mochida era quien presidía las prácticas de los muchachos temprano en la mañana. Como era soltero, vivía en uno de los camerinos del teatro. Solía irrumpir en la habitación de los muchachos antes del amanecer;

les retiraba de un golpe los cobertores y saludaba sus temblorosos cuerpos con un proverbio alegre.

–¡Al que madruga le pertenecen las siete ventajas! –canturreaba en una helada mañana de octubre, mientras abría las ventanas.

Después de lo cual se escuchó murmurar a Kinshi bajo su almohada:

–Siete ventajas: trabajo, trabajo, trabajo, trabajo, trabajo, trabajo y trabajo.

Mochida se inclinó y le dio a Jiro una palmada en el helado trasero.

–Ayuda a Wada y a Minoru a encender el fuego. ¡Kinshi! ¡Yoshida Kinshi! Tú y Teiji traerán el agua y colocarán los soportes. Hoy trabajaremos duro.

Los cinco muchachos buscaron soñolientos los pantalones. Se vistieron y comenzaron a doblar los cobertores y a guardarlos en la alacena. Kinshi, con los ojos entrecerrados todavía, comenzó a barrer mecánicamente la estera del piso.

–¡Caramba! –exclamó Mochida–. Parecen un grupo de ciempiés que tuvieran que anudarse una sandalia de paja en cada pie antes de comenzar la jornada. ¡Dense prisa! Yoshida vendrá a observarlos hoy en la mañana.

El nombre de Yoshida tuvo el efecto deseado: el sueño desapareció. Jiro apostó una carrera con Wada y Minoru hasta el depósito de al lado de la cocina, donde se guardaban los braseros de carbón. Wada, por ser el mayor de los tres, supervisaba cómo colocaban el carbón y la yesca, y regañaba mientras Jiro y Minoru frotaban las piedras una y otra vez hasta que ardió la primera llama. Inflaron sus mejillas y soplaron hasta quedar mareados.

Finalmente, el obstinado combustible encendió y cuando cuatro de los braseros ardieron con suficiente fuerza para que la señora Yoshida pudiera comenzar a preparar el desayuno, y tuvieron los carbones encendidos para el hibachi del camerino, los muchachos corrieron de regreso a su habitación, limpia y brillante gracias a Kinshi y a Teiji. Cinco pares de piernas de marionetas colgaban en una cuerda de la viga; Kinshi y Teiji ya estaban trabajando, haciendo que las piernas de las marionetas caminaran, patearan, se pusieran de pie o se sentaran perfectamente inmóviles, según las órdenes de Mochida.

—No, no no, Teiji —Mochida golpeó ligeramente al muchacho con una delgada vara de bambú–. La pobre marioneta tiene las piernas tan arqueadas como tú. Es un guerrero, no un payaso.

Teiji se apresuró a enderezar las piernas y colocarlas en una posición más militar.

—Está bien, ustedes tres ya han holgazaneado suficiente esta mañana. Ahora, tomen sus lugares. El personaje para hoy es Watonai, en *Las batallas de Coxinga*. Ésta es la escena en la que camina por la playa con su esposa. Aunque no lleva el uniforme militar, de todas maneras es un soldado y un héroe. No lo olviden.

Jiro todavía no había memorizado *Las batallas de Coxinga*, pero la historia era conocida por todos, y al observar de reojo a los otros muchachos, consiguió seguirlos a medida que Mochida recitaba el texto y llevaba el compás golpeando con su vara de bambú el hibachi de cerámica cerca del cual se encontraba.

Cada cierto tiempo se levantaba y golpeaba a uno de los muchachos con la vara en el hombro para indicarle que había cometido un error. Al igual que los otros titiriteros, nunca sugería cómo debía corregirse el error, pero actuaba con más suavidad que los demás cuando señalaba las equivocaciones.

–Allí se vuelve. Gira, gira, gira, gira –comenzó a recitar de nuevo, y los muchachos empezaron a ejecutar el giro, con sus cuerpos inclinados en la posición del operario de los pies, golpeando rítmicamente con los pies para producir el sonido de las pisadas del samurai–. ¡Está bien, está bien! –gritó Mochida–. Repetiremos esta parte. Yoshida quiere ver este giro.

Debían de haber repetido aquel giro cerca de treinta veces. Cada vez que Jiro intentaba hacer el giro mientras sostenía las palancas colocadas en la parte de atrás de las piernas, sentía el leve golpe de la vara de Mochida. Todas las veces con excepción de una. Pero no sabía por qué a veces lo golpeaba y a veces no. Pensaba que lo estaba haciendo exactamente como los demás muchachos que no recibían golpe alguno.

«Todos aprendemos por el honorable sendero de los horribles errores», había dicho Kinshi.

No le molestaban tanto los golpes como el hecho de no saber en qué consistía la equivocación. ¿Cómo podría mejorar si nadie le explicaba cómo corregir los errores que cometía? Su padre siempre se lo decía o, al menos, intentaba ayudarle a comprender.

Finalmente, la señora Yoshida asomó su redondo rostro por la puerta; eso significaba que los muchachos debían ayudarle con el desayuno. Jiro a duras penas podía contener su alivio. Se precipitó fuera de la habitación tan rápidamente que Wada lo miró enojado. ¿A quién trataba de impresionar este muchacho nuevo que literalmente corría de los ensayos a los deberes de la cocina?

Sirvieron el desayuno de los aprendices y operarios solteros y el de Yoshida, quien, por haber encargado a su esposa de la cocina, a menudo tomaba sus comidas en el camerino y no en casa. Luego era preciso hacer la limpieza general de las habitaciones, el teatro y el patio, lo cual tomaba cerca de una hora. A continuación, comenzaba la preparación para la función del día.

Pero ese día no habría función. Los recolectores de arroz provenientes de los distritos aledaños vendrían a la ciudad, y los comerciantes estarían tan ocupados regateando los frutos de otra cosecha, tan escasa, que nadie se molestaría en asistir al teatro durante las próximas semanas. En algunos de los teatros más grandes, esta época se convertía en una pequeña pausa de ocio, pero en el Hanaza, Yoshida hacía trabajar a su gente más duro que nunca. Había abandonado el teatro Takemoto diez años atrás y había llevado consigo varias de sus más talentosas figuras: Okada, en especial. Pero aún era preciso que acreditara el Hanaza como uno de los principales teatros, a la par con el Takemoto, que alguna vez había tenido como libretista al famoso escritor Chikamatsu Monzaemon, o con el Toyotake, pionero en la presentación de marionetas que asombraban al público con la variedad de trucos mecánicos que podían realizar. Para Yoshida, los trucos mecánicos eran menos importantes que la pureza de los textos, lo cual había sido uno de los motivos que lo llevó, según decían, a abandonar enojado el Takemoto. Se retiró cuando se sintió obligado a competir con el Toyotake en destrezas mecánicas. Sin embargo, Yoshida no despreciaba por completo los mencionados trucos, y su interpretación de la *Tortura del Koto* era famosa en la ciudad.

«Respeto por el texto» hubiera podido ser el título de la conferencia dirigida por Yoshida temprano en la mañana a los cinco muchachos alineados al lado de las colgantes piernas de las marionetas:

«En el Hanaza, hacemos todo mejor que en cualquier otro lugar, y conservamos la pureza de los textos. No los modificamos tontamente sólo para obtener un vulgar efecto. ¿Está claro?»

Las cinco cabezas corearon al unísono, como uno de aquellos soldados de juguete chinos activados por un molino de agua.

Yoshida tomó asiento frente a Mochida para poder observar la parte delantera de las piernas, que permanecían parcialmente ocultas por el cuerpo de los operarios.

«Comiencen cuando Watonai contempla el pájaro cuyo pico ha sido atrapado en la concha de la almeja, y ejecuten el giro».

Mochida empezó a recitar el texto, llevando el compás al golpear la vara contra el hibachi. Yoshida llevaba el ritmo golpeando su vara contra la palma de su mano izquierda.

Jiro intentaba desviar la vista de manera que no tuviera que mirar directamente a los ojos al maestro de las marionetas. Imaginaba que una caperuza negra cubría su rostro y que Yoshida no podía verlo. Imaginaba con facilidad la sensación producida por la vara sobre su brazo o su espalda. Y ni siquiera sabía qué estaba haciendo mal. Se obligó a concentrarse en el sonido de la voz de Mochida, una pobre imitación de la de Okada... pero ninguno de los titiriteros esperaba que un recitador perdiera su tiempo en los ensayos de los aprendices. Comenzaban a girar ahora. Pisada, pisada, pisada.

Yoshida se incorporó de un salto. Jiro se encogió a su pesar, pero Yoshida pasó de largo hasta la cabeza de la fila donde se encontraba Kinshi.

–¡Cabeza de hormiga! –chilló. Golpeó con toda la fuerza de su vara el brazo izquierdo de Kinshi–. ¡No has aprendido nada! ¡Nada! Cinco años en este teatro y sabes menos que el primer día que llegaste –lanzó la vara hacia Kinshi y salió enojado de la habitación.

Jiro miró de reojo el rostro de su amigo, ruborizado e inmóvil, con las manos en las palancas de las piernas de la marioneta, el cuerpo inclinado todavía en la posición del operario de pies.

La recitación de Mochida continuaba y el ensayo prosiguió como si nada hubiera sucedido.

Sin embargo, cuando terminó el ensayo, Mochida envió a Jiro a la cocina por una toalla húmeda. Envolvió el brazo de Kinshi en ella y le susurró algo al muchacho antes de salir.

–¿Qué te dijo?

–Dijo –replicó Kinshi con una voz aguda y dura–, que en este mundo hay sólo cuatro cosas a las que se les debe temer: al terremoto, al trueno, al fuego, y... al padre.

Los mercaderes de arroz y los recaudadores estuvieron muy ocupados durante esa época. Motivados por la pobreza de la cosecha, llegaron de Edo una semana antes de lo previsto y exigieron la porción de arroz del Shogún a cada comerciante, y el pago de una moneda de plata para el largo viaje de regreso a Edo. Su consternación fue aún mayor cuando vieron llegar otra tropa de recaudadores a la semana siguiente; explicaron que el primer recaudo había sido un fraude perpetrado por bandidos que disponían de credenciales falsificadas.

«Saburo», el nombre saltaba de boca en boca e incluso en el Hanaza, donde nadie padecía realmente de hambre, la palabra era saboreada y disfrutada. ¿Quién era? ¿Cuál sería su próximo golpe?

El Shogún, poco impresionado con los resultados de la recompensa ofrecida por el daimyo, asignó personalmente el precio de mil ryos a la cabeza del bandido conocido como Saburo. Más de doscientos cincuenta años antes, su predecesor, el Shogún Ieyasu, había publicado un edicto prohibiendo la religión católica. Pero ahora, sobre los antiguos carteles donde aparecían lo.

castigos correspondientes al cristianismo, se colocaron los anuncios de la recompensa. En ese momento, Saburo, el forajido, constituía una amenaza mayor para el orden establecido que uno o dos cristianos descarriados.

Capítulo V

LA CUARTA COSA A LA QUE SE LE DEBE TEMER

Noviembre es un mes monótono; el cielo brillante de otoño se torna gris, el frío húmedo penetra la ropa y los graznidos melódicos de los gansos que emigran hacia el sur se ven sustituidos por la tos de los resfriados del invierno. Minoru siempre se limpiaba la nariz, dejando algo como el rastro de un caracol sobre sus mejillas. A causa de su tartamudez, Teiji rara vez hablaba con los otros muchachos y Wada, celoso de la obvia preferencia de Kinshi por Jiro, apenas le dirigía la palabra.

Esto significaba que Jiro era considerado como la mascota de Kinshi, un privilegio que Jiro no intentaba ocultar. Por lo general, los otros tres muchachos lo ignoraban, excepto cuando el trabajo o las comidas los obligaban a estar juntos. De todos los muchachos, Kinshi era el único al que respetaba y por quien sentía verdadero afecto.

Gracias a Kinshi, quien con regularidad «tomaba prestados» los textos para las funciones, Jiro podía memorizar las obras y ya no tenía que permanecer petrificado contra la pared del escenario esperando la seña del operario de la mano derecha para saber en qué momento debía abrir el telón. Alguien debió haber advertido sus progresos, porque cuando salió el aviso anunciando *Las batallas de Coxinga*, su nombre figuraba en él. Aparecería en escena. Bueno, no exactamente, como le había explicado Kinshi. Estaría oculto por el balcón que rodea la parte delantera del escenario, pero sería su mano la que sostendría la enorme almeja de tela que asía el pico del ave. Kinshi debía manipular el pájaro. La alegría con que los dos muchachos practicaban la lucha podría haber puesto a Wada más celoso que nunca, pero no se molestó porque su nombre aparecía también en el cartel. Él, además de Kinshi, manipularía las marionetas que requerían un solo titiritero: los soldados en la escena del castillo. Era un drama complicado, con muchas entradas y salidas, así que tanto Teiji como Minoru se ocuparían del telón, y la entrada sería atendida por turnos por los operarios de los pies cuando no se encontraran en escena.

Jiro estaba complacido. Apenas podía esperar que viniera su padre a entregar las nuevas marionetas para compartir con él su primer triunfo como aprendiz. Pero su padre no acudió. Todas las marionetas que serían utilizadas se encontraban ya en el oscuro pasillo o eran traídas por Yoshida y Mochida del depósito que se hallaba en la parte de atrás del patio; se les colocaban trajes recién cosidos. No habría nuevas marionetas para esta obra. ¿Por qué no habrían de usar la princesa en la que había trabajado con tanto empeño su padre el verano anterior? ¿Qué habrían de comer sus padres durante el invierno?

Los muchachos que trabajaban en el Hanaza nunca disponían de tiempo libre; de lo contrario, Jiro hubiera intentado ver a sus padres mucho antes. No obstante, su preocupación actual le dio el valor que necesitaba para aproximarse a Mochida.

—Creo que mi padre está enfermo, señor. Hace tiempo que no sé de él y estoy preocupado.

—Rico es el hombre que posee un hijo respetuoso.

Jiro se ruborizó. No era un hijo respetuoso, pero le convenía que Mochida lo considerara como tal.

—Si pudiera ir muy temprano y regresar a tiempo para las labores del desayuno...

—Eso significa que los otros muchachos tendrán que hacer tu parte del trabajo.

—Se lo preguntaré a Kinshi, con su autorización.

—Si Kinshi accede a cumplir con los deberes que te corresponden, no me opondré.

El buen Mochida. ¿Qué harían sin el alivio que se interponía entre ellos y Yoshida?

Jiro apenas pudo conciliar el sueño la noche siguiente. Temía quedarse dormido y perder la oportunidad de ir a casa. Escuchaba cómo el vigilante de las calles golpeaba con su bastón de madera y anunciaba las horas. Finalmente, a las cuatro de la mañana, se deslizó con sigilo hacia afuera para no importunar a los demás. Minoru estaba tendido de espaldas, con un brazo sobre el rostro, roncando con la nariz tapada como un cerdo. «Qué estaría pensando Yoshida cuando contrató a semejante bárbaro», se preguntaba Jiro mientras se vestía. Imaginaba a Minoru como operario de pies, limpiándose la nariz en la espalda del vestido de seda de una de las marionetas. ¡Ugh!

Se dirigió de puntillas hacia la puerta.

–Buena suerte –era Kinshi quien había susurrado, incorporado sobre los codos.

–Gracias –susurró a su vez Jiro. Luego añadió las palabras de cortesía apropiadas para salir de casa–: Sólo parto para regresar.

–Vuelve pronto –respondió Kinshi.

A las cuatro de la mañana, en el distrito de las diversiones, las calles se hallaban envueltas en la más completa oscuridad, excepto por la pálida luz de la luna, pero Jiro conocía bien el camino. Había acompañado a su padre al Hanaza de vez en cuando durante muchos años y no precisaba una linterna. Cuando dobló la calle Dotombori, pasó frente al alto muro de la casa de Yoshida. La de Okada se encontraba a pocos pasos de allí y a su alrededor había varias casas donde ahora dormían profundamente titiriteros, recitadores y músicos. Incluso los burdeles estaban cerrados a aquella hora.

Tenía la extraña sensación de que la ciudad le pertenecía. Era como si él fuera la única persona que reclamara su propiedad a esta hora. Quizás hubiera debido sentirse atemorizado por los fantasmas y espíritus de la noche de los que a menudo hablaba su madre, o por el peligro mucho más real de una sombra preparada a saltar sobre él desde alguna callejuela para robar su chaleco de algodón e incluso su túnica y su pantalón. Ciertamente, no llevaba consigo ninguna otra cosa que le pudieran robar. Sin embargo, no estaba atemorizado. Quizás le sentaba bien su nueva vida en el Hanaza. Dejaba atrás el niño temeroso que había sido. Gracias a Kinshi adquiría una confianza en sí mismo que nunca había tenido. A pesar de la maldición de su madre, honraría el nombre de su padre. Con el tiempo, su padre se sentiría orgulloso de él. Con el tiempo – apretó el paso... ¿Estaría su padre realmente enfermo? ¿Por qué había dejado de ir al teatro durante dos meses? Seguramente, su enojo contra el muchacho lo había mantenido alejado. Era culpa de Yoshida... eso debía de ser. Yoshida estaba ahorrando dinero al utilizar solamente las viejas marionetas. ¿Qué habría de importarle si Hanji e Isako morían de hambre? Su propio estómago estaba lleno. «Ojalá pase la eternidad como operario de pies para el demonio». Ésa había sido la maldición que su madre había lanzado sobre Yoshida. Jiro casi sonrió. En realidad era peor que la que había proferido sobre él.

La casa estaba oscura y cerrada. Se dirigió hacia el costado y saltó la puerta que separaba su casa de la del vecino. Luego aproximó la cabeza a los postigos de la habitación interior donde dormían sus padres.

—Padre —dijo tan alto como pudo—. Padre, soy Jiro —aguardó, pero no hubo respuesta alguna. Golpeó los postigos con los nudillos—. Padre, despierta. Soy yo, Jiro.

Se escuchó un sonido adentro.

—¿Quién? —preguntó una voz de hombre que no era la de su padre.

—Jiro, el hijo de Hanji. ¿Quién es usted?

Como respuesta escuchó pasos sobre la estera. La persona que se hallaba dentro se había calzado. Jiro podía escuchar el golpe de las sandalias sobre las piedras, luego la puerta de la cocina y finalmente el crujido del postigo al abrirse.

Jiro corrió hacia allí.

—¿Jiro? ¿Qué haces aquí a media noche? — era Taro, el hijo del vecino Sano. Abrió el postigo y retrocedió—: Pasa.

—¿Dónde están mis padres, Taro?

—No lo sé. Tu madre dijo que estaba enfermo de los pulmones y que el aire del campo le haría bien. También habría más comida allí, quizás. Mi padre tenía un amigo que viajaba en esa dirección con su carreta, así que llevó a tu padre.

—Ya veo.

—Escupía, dijo él, algo rosado, pero nada grave. Un poco de reposo y buena comida y volvería a ser el de antes. Eso fue lo que le dijo a mi padre.

—¿Quieres decir que sangraban sus pulmones?

—No tan grave. Sólo algo rosado cuando escupía, creo.

Jiro asintió en la oscuridad.

—Bien, gracias por tu ayuda...

—No es nada. Te ofrecería algo de beber, pero...

—No, no. Debo regresar antes del amanecer. Se dirigió hacia la puerta.

—Si sabes algo de mis padres, desearía que me lo hicieras saber. Estoy en el Hanaza.

—Seguro, lo sé —replicó Taro—. Tu madre me lo dijo. Iré a buscarte en cuanto sepa algo. Salud.

—Sí, gracias. A ti también.

La oscuridad ya no lucía amistosa. Estaba fría y húmeda; la luna emitía menos luz que antes. Partió a correr; se hallaba bajo su cobertor en el Hanaza mucho antes de que Mochida viniera a arrebatárselo para despertarlo.

Aunque Yoshida se consideraba un especialista en las marionetas femeninas, ocasionalmente elegía operar el personaje masculino. Como lo había explicado Kinshi, en una pieza de teatro como *Las batallas de Coxinga*, cuando Yoshida hacía el papel de Watonai, el guerrero principal, permanecía en el escenario la mayor parte del tiempo. Debido a la complejidad de los decorados, Yoshida había decidido no alternar esta obra con una tragedia doméstica, como solía hacerlo, sino ofrecer esta única producción mientras le reportara beneficios.

Jiro se alegraba de que su presentación inicial en escena ocurriera en la primera parte de la obra. Se inclinó detrás del borde de madera y sostuvo el palo de tal manera que la almeja gigante apareciera justo en escena, como Kinshi se lo había enseñado a hacer cuidadosamente.

Pronto Kinshi, con el pájaro de tela sujetado a su espalda inclinada, entró saltando en el escenario, batiendo las alas del ave. Giró varias veces en círculo y luego inclinó la cabeza del pájaro hacia abajo, como si hubiera advertido la almeja gigante y se abalanzara ávidamente hacia la concha abierta.

Jiro jaló de la cuerda y, de un golpe, atrapó el largo pico del ave (o al menos así lo creyó el público). Kinshi batió las alas y luchó por liberarse. Okada recitaba el relato mientras Watonai, el guerrero, y su esposa, Komutsu, quienes caminaban por la playa, se aproximaban al sitio donde aquellas dos criaturas se disponían a devorarse entre sí.

Watonai giró. Jiro observó con cuidado el giro. ¿Qué sucedía con los pies que él no había podido descubrir? Ah, eso era, el pie derecho, la altura del pie derecho. Lo había sostenido más abajo, ¿verdad? Y se movía como en un paso de danza – con un ritmo que concordaba exactamente con el de la música. La próxima vez, pensó, podría hacerlo a satisfacción de Mochida. Kinshi estaba en lo cierto. Cuando uno se encuentra en el escenario, debe permanecer alerta. El aprendiz debe estar al acecho de cualquier secreto que eventualmente pueda llegar a robar.

Después del largo discurso de Watonai sobre la parábola del pájaro y la almeja, semejantes a dos naciones en guerra que se destruyen entre sí exponiéndose al ataque de una tercera potencia, Komutsu tomó su larga hebilla de carey y abrió con ella la concha para liberar al ave.

–Twit-twit –susurró Kinshi en tanto que se alejaba volando. Pero Jiro no mudó de expresión. En algún lugar del escenario, los penetrantes ojos negros de Yoshida lo observaban bajo la caperuza.

–No deberías jugar en el escenario, Kinshi. Imagina qué sucedería si Yoshida te escuchara. ¿Qué haría?

–Nada que no haya hecho antes, estoy seguro.

Pero no fue la despedida del pájaro lo que eventualmente le trajo problemas a Kinshi. Fue un caso de resfriado estomacal que afectó al operario de pies, Kawada, una tarde en la mitad del tercer acto. Valerosamente terminó la escena, pero era evidente que si se veía obligado a continuar, la función resultaría un desastre.

–No hay nada que hacer –cortó Yoshida–. Yoshida Kinshi tendrá que ocuparse de los pies durante el resto de la función. Es un tonto, pero conoce los textos y sabe qué espero de él. Ninguno de los otros muchachos ha trabajado conmigo; a los otros operarios ya les he asignado otras tareas.

–¿Estás nervioso, Kinshi? –no pudo dejar de preguntar Jiro.

Kinshi se encogió de hombros.

–Buena suerte.

Kinshi sonrió a medias y se cubrió la cara con la caperuza.

Jiro tuvo que ocuparse de las marionetas que requerían un solo operario en las escenas donde aparecían soldados, y cuando no se hallaba en escena, permanecía al lado de Teiji para abrir el telón. Le dio un codazo a Teiji y preguntó en un susurro:

–Kinshi lo está haciendo bien, ¿verdad?

–C–c–creo que sí.

Ése era el problema. ¿Qué pensaba Yoshida? Los tres, Yoshida, Mochida y Kinshi, debían «respirar al unísono» en ese momento. ¿Podría Kinshi trabajar tan cerca de su padre? Parecía que sí.

–Se ve b–b–bien –susurró Teiji para animarlo.

Jiro asintió. «Oh, ayúdale, ayúdale», rogó a Ebisu o a cualquier dios que estuviera escuchando.

Finalmente, la última batalla llegó a su fin y Wantonai, victorioso, salió pisando con fuerza el escenario entre los aplausos y gritos entusiastas del público. Okada había tomado el libreto y había saludado por última vez. La función había terminado.

Mochida retiró su capucha. Cuando pasó al lado de Jiro, sonreía.

Jiro se abalanzó sobre Kinshi.

–Lo hiciste, lo hiciste.

–Si sólo tú fueras mi maestro, mi vida sería muy fácil.

Era cerca de media noche cuando los muchachos terminaron de limpiar todo después de la cena y prepararon el teatro para la función del día siguiente.

–Debiéramos celebrar –sugirió Jiro–. Debiéramos brindar por el triunfo de Kinshi.

–¿Qué sugieres? –preguntó sarcásticamente Wada–. Los carbones están apagados. Ni siquiera podríamos hervir un poco de agua.

–Yo sé –dijo Kinshi súbitamente –dónde podría conseguir un poco de sake –se dirigió a la puerta y se asomó al pasillo–. Todos parecen dormir –dijo en un susurro–. Ya regreso –y salió.

–Kinshi, ¡no! –gritó Jiro, pero el muchacho ya había desaparecido–. Es el tonto más grande del mundo –Wada sacudió la cabeza, entre crítico y asombrado.

El «tonto más grande del mundo» regresó poco después con una jarra de lo que consideraron el mejor vino del imperio.

Kinshi incluso persuadió al reticente Wada a que se uniera al festejo, y todos rieron cuando una taza del potente sake bajó por la garganta de Minoru como agua por un tonel de lluvia.

–¡Aah! –el pequeño cerdo se había atragantado. Al contemplar el rostro congestionado de Minoru y sus ojos llenos de lágrimas, Jiro decidió beber muy despacio y estudiar la feliz escena. Incluso el tímido Teiji sonreía abiertamente; en cuanto a Kinshi, Jiro nunca lo había visto tan relajado. No era sólo el vino. Kinshi había enfrentado una dura prueba aquel día en el escenario y había triunfado.

–¿Yoshida te dijo alguna palabra de felicitación esta noche? –preguntó.

–¿Yoshida? Primero daría leche un toro.

–P-p-pero los toros.... –comenzó a decir Teiji.

–Creo –dijo una voz desde la puerta, que sé exactamente lo que quiere decir.

Levantaron la vista alarmados.

–Yoshida –suspiró Jiro.

–Por alguna razón no recibí la invitación para asistir a esta fiesta –se inclinó y tomó la jarra casi vacía–. Para demostrarle que no estoy ofendido, señor Kinshi, lo invito a mi habitación en cuanto le sea conveniente –inclinó la cabeza en una burlona reverencia–. Estoy seguro de que los demás estarán fatigados después de un día tan agitado –tomó el farol y lo apagó. Los cuatro muchachos permanecieron paralizados en la posición en que se hallaban, mientras que Kinshi tropezaba con los cobertores en la oscuridad. Escucharon cómo caminaba por el pasillo hasta que la puerta del camerino de su padre se cerró tras él.

Jiro permaneció rígido, esforzándose por escuchar los ruidos provenientes del camerino de Yoshida. La puerta de papel y la distancia sólo le permitían oír un murmullo y luego la conversación cesó. Fue reemplazada por un rítmico tac, tac, tac, tac, tac. Jiro se estremeció. Era su culpa. Él había sugerido un brindis, pero era Kinshi quien recibía la paliza. No era justo. Yoshida hubiera debido castigarlos a todos. Se volvió para no escuchar el sonido. «Oh, Kinshi, lo siento, lo siento».

Finalmente Kinshi regresó y se acostó bajo su cobertor. Fue recibido en absoluto silencio, lo cual significaba que todos los muchachos permanecían tensos, despiertos, aguardando.

–Kinshi –susurró Jiro al fin–. Perdóname.

–No fue nada –fue su tensa respuesta.

Jiro sabía, por la forma como Kinshi llevaba anudada su banda a la mañana siguiente que sentía dolor, pero sus ojos le decían «No hables de ello», así que obedeció a su mudo mandato.

Kawada, pálido, regresó a trabajar, así que Kinshi y Jiro ocuparon de nuevo sus posiciones de pájaro y almeja. Era como si el triunfo de Kinshi jamás hubiera ocurrido. Ahora el sentimiento de temor y respeto que experimentaba Jiro por Yoshida tenía un nuevo elemento: odio. Era como un arroyuelo de lava caliente y fundida sepultado en lo más profundo de una montaña.

Las batallas de Coxinga permaneció largo tiempo en cartelera. Sólo después de seis semanas las entradas comenzaron a disminuir, indicándole a Yoshida que era tiempo de empezar a trabajar en otra producción.

Okada, se decía, estaba escribiendo una nueva pieza. Según los rumores que corrían, el héroe era un bandido. Jiro dudaba de que Yoshida estuviera dispuesto a poner en peligro sus ganancias al representar una pieza que pudiera ofender a su público, compuesto en gran parte por mercaderes; para su sorpresa, sin embargo, Kinshi no pensaba lo mismo.

–Depende del texto –dijo–. Si le agrada el texto, ofendería al propio Shogún. Además, sucede en el siglo XVI. No son tan inteligentes como para apreciar qué incidencia podría tener ahora una historia ocurrida hace doscientos años.

Jiro se divertía cuando imaginaba al marchito Okada soñando con relatos de valerosos barones ladrones.

–¿Sólo relata la historia cuando las dicta?

–Oh, no –respondió Kinshi–. Me dicen que siempre la recita. Algunas veces, la persona que escribe el texto no comprende lo que dice, pero no se atreve a interrumpirlo y a pedirle que repita. En ocasiones introducen errores muy divertidos. Pero Yoshida conoce a Okada lo suficiente como para saber cuál era su intención original. Siempre puede corregir y editar el texto. Y claro está, Okada no necesita un libreto corregido para las escenas que recita.

—Es lastimoso ser ciego.

—¿Por qué habría de inspirar lástima? Es un maestro de la recitación y un dramaturgo también. Creo que es un hombre digno de envidia. Yo cambiaría gustoso mis ojos por su posición; y también mis oídos.

—No digas eso.

—No estoy bromeando.

La obra de Okada no estaba terminada aún, así que Yoshida eligió una de las piezas más conocidas que agradaba mucho al público, *Los amantes suicidas de Sonezaki*. Jiro debía correr el telón del lado derecho del escenario y, como en la ocasión anterior, era el único miembro de la compañía que no conocía el texto.

—No te preocupes. Te lo conseguiré —aseguró Kinshi, pero la última paliza recibida por Kinshi todavía sonaba en los oídos de Jiro. ¿Qué sucedería si su padre se enteraba?

—No —respondió—. Yo iré esta vez.

—No harás tal cosa —replicó Kinshi—. Si Yoshida advirtiera que tomas sus cosas, ¿qué crees que sucedería contigo?

—En ese caso trabajaré sin conocer el texto.

—Jiro, qué tonto eres. No puedes hacer eso. Convencí a los operarios de que te ayudaran al principio, pero ya llevas aquí casi cuatro meses. Ya no eres nuevo.

—No comprendo —dijo Jiro—. Todos somos nuevos al principio. ¿Qué hacen habitualmente?

—Bien, naturalmente todos conocen los textos clásicos.

—Pero los muchachos, ¿qué hacen los muchachos?

—No lo sé —Kinshi se ruborizó—. Yo siempre he robado para los nuestros. Yoshida los mantiene almacenados en su alcoba desde que puedo recordarlo. Era sencillo para mí y ayudaba a los otros.

—Tú mismo dijiste que todos debíamos aprender por el "sendero de los terribles errores".

Así es. Pero yo sé cómo son las cosas cuando Yoshida se enoja. Y soy débil como una natilla cada vez que veo sufrir a alguien. Ya te dije que no tengo carácter para el teatro.

Durante el cuarto acto de *Las batallas de Coxinga*, Jiro, a quien no le habían asignado un trabajo específico, solía permanecer al lado de Teiji y aprendía cuanto podía de lo que ocurría en el escenario; sin embargo, aquella tarde murmuró algo acerca de un dolor de estómago y se deslizó fuera del teatro. No podía cerrar con cerrojo la puerta de la callejuela, pero la ajustó con fuerza y rezó para que nadie lo advirtiera. Caminó tan despreocupadamente como pudo calle abajo, pues llamaría la atención si corría, y volvió por la calle que conducía a la casa de Yoshida. La puerta que se hallaba en el alto muro estaba cerrada. Tomando precauciones para que nadie lo viera, Jiro trepó por el muro y saltó al pequeño jardín. La casa también estaba cerrada, pero los postigos, como lo esperaba, estaban abiertos; las puertas de papel que daban sobre el jardín se abrieron con facilidad. Se quitó los zuecos y entró en la casa.

Como Kinshi lo había dicho, en la alcoba, adornada con un arreglo floral y un pergamino colgante, había muchos textos encuadernados. Yoshida había comenzado a buscar aquéllos que correspondían a *Los amantes suicidas de Sonezaki*. Se hallaban precisamente encima de todos los demás. Tomó uno de ellos, mientras el corazón le latía con fuerza en el pecho. ¿Realmente robaba Kinshi las cosas de su padre con tal desfachatez? Deseaba salir de prisa, pero algo en el arreglo floral atrajo su atención. Era un ramo invernal compuesto por espadañas y raíces secas, colocadas en una cesta de junco de extraña forma. La cesta era tejida, pero estaba rota de un costado; su base redonda había sido apoyada contra la pared de la alcoba para impedir que cayera. Ciertamente, no era el florero más indicado. Parecía más bien –sí, eso era– si lo volviera al revés, sería exactamente como una de las cestas que los monjes Komuso llevaban en la cabeza. ¿Por qué habría de tener Yoshida algo así en su casa?

Capítulo VI

MALOS PRESAGIOS PARA EL NUEVO AÑO

Okada terminó la nueva obra de teatro justo antes del Año Nuevo. Yoshida le suministró una copia a cada uno de los cinco operarios principales, incluido él mismo, tres a Mochida para compartir con los seis operarios de la mano izquierda y dos a Kawada para los ocho operarios de pies. Los muchachos, como de costumbre, no recibieron ninguna, a pesar de que sus nombres figuraban en las carteleras para abrir el telón y operar las marionetas sencillas, que Okada había distribuido generosamente durante la obra.

Teiji estaba aterrorizado.

—S-s-si cometo un error, Yoshida me matará, y me asignó marionetas en tres escenas diferentes.

Kinshi sorbió lo que quedaba de sopa.

—No te preocupes, Teiji. Conseguiré un texto para nosotros. Siempre lo he hecho, ¿verdad? —mientras decía esto, dirigió una mirada a Jiro como retándolo a que dijera lo contrario.

—No es lo mismo cuando se trata de una pieza nueva —argumentó lúgubremente Wada—. Yoshida no deja los textos abandonados por ahí en su casa.

Jiro se volvió hacia el muchacho mayor.

—¿Qué hiciste la última vez que Okada escribió una obra?

Kinshi sonrió.

—Robé la copia personal de Yoshida.

Minoru se golpeó sus gruesas piernas.

—Eres un demonio, un verdadero demonio. ¿No es un demonio?

—Oh, no —dijo Kinshi—. En realidad no. Le di oportunidad de memorizarla primero.

—¿Y nunca sospechó? —preguntó Jiro escéptico.

—Si lo hizo, nunca lo mencionó.

—Bien, no intentarás hacerlo de nuevo —dijo Jiro.

Los otros muchachos se volvieron hacia Jiro, sorprendidos por su afirmación.

—¿Estás desafiando la autoridad del muchacho mayor? —preguntó Wada.

Kinshi también parecía esperar una respuesta. Jiro colocó su escudilla vacía sobre la mesa con los palillos encima. En el Hanaza no tenían los soportes apropiados para los palillos, al menos no para los muchachos.

–No estoy desafiando tu autoridad, Kinshi –dijo–. Sólo pienso que como soy el muchacho menor y quien tiene menos que perder, debería asumir ese riesgo. Yoshida no podrá degradarme, ¿verdad?

–¿Y si te golpea? –preguntó Minoru.

–Pues bien, espero poder soportarlo como un hombre. Hemos tenido un buen ejemplo de cómo hacerlo –miró directamente a Kinshi, quien enfrentó su mirada y luego la desvió hacia otro lado.

–Pero supón –dijo Kinshi con suavidad, mirando hacia las puertas corrredizas y no a Jiro –que te despida.

Jiro tragó saliva.

–Entonces me marcharé. Pero no creo que lo haga. Tengo más probabilidades de que me dé otra oportunidad que cualquiera de ustedes. Todos llevan aquí más de un año y saben que no deben hacerlo. Pero con respecto a mí, quizás crea que me obligaron a hacerlo...

–Eres un muchacho valiente, Jiro –dijo Teiji con cierta admiración.

–Tiene sentido –dijo Wada. Jiro sabía que preferiría que lo golpearan a él y no a Kinshi.

–¿Minoru? –preguntó Jiro.

–Seguro –dijo Minoru–. Es tu pellejo. Si deseas arriesgarlo, ¿qué derecho tenemos de impedirlo?

–¿Y Kinshi? –Jiro se volvió hacia su amigo, quien ahora contemplaba la estera. Jalaba un pedazo de paja suelto–. ¿Me autorizas a obtener el texto esta vez? –preguntó Jiro. El muchacho mayor se encogió de hombros, gesto que Jiro interpretó como que el permiso había sido concedido.

Aquel mismo día, Jiro buscó a un muchacho delgado llamado Tozo, aprendiz del músico de samisen, que vivía al otro lado del teatro. Tozo tenía un rostro bien parecido, casi femenino, y se decía que era el más prometedor de los aprendices a músicos. No obstante, a pesar de su talento y de lo apuesto que era, había eludido hasta entonces la arrogancia y, a diferencia de la mayor parte de los muchachos del ala oriental del edificio, siempre se mostraba cortés con los aprendices de marionetas del ala occidental.

–¿Podrías ayudarme a ver a Okada? Él tuvo la amabilidad de ayudarme a ingresar en el teatro y nunca he tenido oportunidad de agradecerle como es debido.

–Últimamente ha estado muy ocupado con la nueva obra –replicó Tozo–. Pero creo que ahora todo está más tranquilo. Al menos preguntaré si desea verte. Espera aquí.

A los pocos minutos, Tozo estaba de regreso con la noticia de que Okada lo vería de inmediato. Jiro hubiera preferido contar con más tiempo. Hubiera deseado llevarle algún regalo al anciano recitador, pero puesto que el destino lo había dispuesto de otra manera, se irguió y siguió a su escolta.

Okada estaba de rodillas frente a su hibachi de carbón. Los postigos no habían sido abiertos; la habitación estaba oscura y húmeda.

–Perdone –Okada se volvió hacia el lugar de donde provenía la voz de Tozo–. Es el hijo de Hanji, Jiro.

Jiro se arrodilló e inclinó la cabeza sobre la estera.

–Parece que lo estoy interrumpiendo en un momento inoportuno –murmuró.

–Eres el joven Jiro, ¿verdad? Pasa, pasa –le hizo un gesto al muchacho para indicarle que debía aproximarse al hibachi–. Aquí está más caliente.

–¿Quiere que abra los postigos? –preguntó Tozo.

–Oh, los postigos. Sí, hazlo, por favor. La oscuridad debe de ser muy molesta para ustedes, ¿verdad, Jiro?

–No. No tiene importancia.

–Debes perdonarme. A mí me dan igual la luz y la sombra. Ábrelos, Tozo. Quizás la luz seque algo de esta maldita humedad –sacudió la cabeza–. Mis huesos se están envejeciendo y ya no soportan la humedad.

Tozo abrió los postigos, permitiendo que entrara el pálido sol invernal. No era lo suficientemente fuerte como para desterrar la humedad, pero Jiro se sintió mejor que antes. Los ojos sin vista se dirigían hacia el frente, bajo los párpados caídos, pero la boca sonreía y se agitaba.

–Gracias, Tozo. ¿Podrías traernos una tetera y un pastel?

–Por favor, no se moleste –dijo Jiro.

–Es un buen pretexto. No les agrada darle dulces a un viejo como yo. Debo inventar muchísimos pretextos –avivó el fuego con un par de palillos de metal–. Bien, ¿cómo te ha ido?

–Muy bien, gracias a usted, señor. Perdone que no haya venido antes a agradecerle formalmente, pero esperaba que mi padre enviara un pequeño regalo...

El anciano levantó la mano.

–¿Qué haría yo con un regalo? Me estorbaría en mi viaje al paraíso.

–Pero estoy seguro de que hubiera deseado agradecer su amabilidad para conmigo. Lamentablemente...

–¿Sí?

–Ha estado muy enfermo. De hecho, se ha marchado de Osaka a vivir con sus parientes en el campo.

–Oh, lo siento –Okada avivó el fuego y añadió más carbones–. Somos testigos de mucha enfermedad y sufrimiento en esta época, ¿verdad?

–Sí, señor.

–Pasa, Tozo –Jiro se sobresaltó. No había escuchado llegar al otro muchacho.

Tozo entró con una bandeja que dejó sobre la estera. Tomó con delicadeza la mano de Okada y la puso sobre la tetera, luego en cada una de las dos tazas, y luego en el diminuto plato donde se hallaban tres pastelillos. Se inclinó hacia Jiro y se retiró.

Okada sirvió el té sin inclinarse sobre la tetera, con los ojos fijos delante de sí. Levantó una de las tazas y se la entregó a Jiro; luego señaló los pasteles. Jiro tuvo el cuidado de negarse por tres veces, pero Okada insistió, así que tomó uno.

–Dime –dijo Okada–, ¿cómo se encuentra el joven Kinshi?

–Oh, muy bien, muy bien –la boca de Jiro estaba llena de pastel–. Yoshida sigue siendo tan severo con él como siempre.

–Oh, eso.

—Supongo que si yo tuviera un hijo haría lo mismo. Sin embargo, todo esto debe de ser muy difícil de comprender para el muchacho.

—¿Comprender qué, señor?

—¿Lo ves? Ni siquiera tú lo entiendes. ¿Cómo podría comprenderlo Kinshi? —sorbió ruidosamente su té, como lo hacen los ancianos—. Le tengo mucho cariño a ese muchacho.

—Sí, señor. También yo. Ha sido muy bueno conmigo. A pesar de que es el mayor, nos ayuda a todos.

Okada sonrió.

—Es difícil para alguien de fuera como tú comprender la manera como hacemos las cosas en el teatro, ¿verdad?

—Algunas veces, señor.

—A propósito, ¿a quién piensa robar Kinshi el nuevo libreto?

—¿Señor?

—No es preciso fingir que no lo sabes. Siempre roba uno.

—¿Qué? ¿Cómo?

El recitador bajó la voz hasta convertirla en un cómico susurro.

—No se lo diré a nadie.

Jiro dejó la taza sobre la mesa. Su mano temblaba de tal manera que el té danzaba locamente en ella.

—De hecho, señor, una de las razones por las cuales vine hoy es el libreto.

—¿Oh?

—Temía que Kinshi lo robara y alguien lo supiera... Recientemente su padre ha sido muy estricto con él. Bien, si dispusiéramos del libreto de inmediato, todos podríamos desempeñar mejor nuestro trabajo. Kinshi debe operar varias marionetas y todos tenemos nuestras responsabilidades.

—Entonces pensaste dirigirte directamente a mí y pedir un libreto, puesto que nadie en el otro lado les dará uno voluntariamente, ¿correcto?

—Sí señor, eso creo.

Okada rió; sus arrugas hacían profundos surcos en su rostro. Luego se inclinó hacia adelante y susurró como lo había hecho antes.

—Hay una copia adicional en la pila que se encuentra detrás de ti —dijo—. Pero si alguien te pregunta, debes decir que lo robaste. De lo contrario, tendré problemas con Yoshida. Y no queremos eso, ¿verdad?

—No señor, supongo que no —Jiro no sabía si el anciano se estaba burlando de él.

—Supones que no, ¿eh? —Okada rió de nuevo—. Bien, puesto que obtendrás el libreto adicional, yo tomaré el pastel adicional, ¿está bien?

—Oh, oh, sí señor. Gracias.

Jiro se volvió hacia la pila de textos.

Sobre la cubierta del primero estaba escrito, a pinceladas, el título, *El ladrón del Tokaido.* Lo tomó.

—Es usted muy amable, señor.

—¿Amable? Yo no sé que lo tomaste, ¿recuerdas? —rió como si hubiera hecho una broma.

—Sí, señor —Jiro dobló el precioso texto y lo ocultó en la abertura de su túnica—. Gracias.

—Dile a Kinshi que venga a verme. Cuando era un

chico solía entrar aquí a menudo, pero desde que está en el ala occidental nunca viene.

–Se lo diré.

Jiro se inclinó hasta la puerta del camerino de Okada y danzó por el pasillo hacia el patio. Tenía el texto. Sus problemas habían terminado... al menos por ahora.

En aquellos días, los muchachos eran despertados más temprano que nunca, pero no se quejaban porque las horas extras estaban dedicadas a las preparaciones del Año Nuevo. Era preciso fregar y brillar, lo que hacían sin especial entusiasmo, pero además estaba la preparación de la comida que les daba oportunidad de pellizcar y probar antes de que la señora Yoshida lo advirtiera.

–T-t-t-tenemos suerte –dijo Teiji, mientras él y Jiro preparaban rollos de cohombro y arroz con vinagre envueltos en algas–. Hay mucha gente que morirá de hambre en la ciudad para el Año Nuevo.

–¿Por qué siempre tenemos comida?

–D-d-d-dije que tenemos suerte.

–Pero Kinshi dice que hay cadáveres por las calles de personas que han muerto de hambre sin que nadie les dé sepultura –Jiro cortó el rollo y arregló los círculos de arroz en la caja lacada de Año Nuevo.

–Mientras tengamos público, n-n-n-nosotros...

–Supongo que sí, pero... –la voz de Jiro se apagó. La señora Yoshida se dirigía hacia ellos. No le agradaba que conversaran cuando trabajaban.

–Jiro –dijo–. Alguien te busca en la puerta. Dice traer noticias de tus padres.

Jiro atravesó el patio y el teatro a la carrera. Taro había venido como lo había prometido. El corazón de Jiro comenzó a latir con fuerza y al pasar a gatas por la entrada, su cuerpo estaba lleno de aprehensión.

–¿Mi padre? –preguntó de inmediato sin siquiera inclinarse para saludar.

Taro movió la cabeza.

–Parece que sigue igual. Tu madre regresó sola.

–¿Te pidió que me buscaras?

Taro dejó caer la cabeza.

–Le dije que tú deseabas saber de ellos, pero dijo que no te importunara con eso –miró a Jiro a los ojos–. Vine de todas maneras. Pensé que tú...

–Oh, sí. Hiciste muy bien. Te pedí que me avisaras. Bien, ¿y cómo se encuentra?

–No muy bien. Todos tenemos hambre, sabes. Supongo que es igual en todas partes.

–Sí, supongo que sí –Jiro respiró profundamente. Felizmente, el tentador aroma de la comida no se escapaba del teatro.

–Bien... –dijo–. Te agradezco mucho que hayas venido.

–Sí –asintió el otro muchacho.

–Iré a visitar a mi madre en cuanto pueda, pero no es preciso que se lo digas, ¿bueno?

–Bueno.

Lo que Jiro deseaba hacer era regresar a la cocina y darle algo de comer a Taro. Pero ahogó su impulso. Si la gente de fuera se enteraba de que había comida en el Hanaza, podría ser peligroso.

Se inclinó, agradeció de nuevo al muchacho y contempló cómo partía. Tendrían algún tiempo libre en el Año Nuevo, tiempo que utilizaría para ir a visitar a su madre.

El último día del año fue una orgía de aseo y preparativos. Los muchachos batieron el arroz hasta que la señora Yoshida decidió que estaba en su punto para preparar budines para la sopa de Año Nuevo y pastelillos para freír al carbón. Tendrían tres días de vacaciones, mucha comida y ninguna responsabilidad diferente de la de hacer el fuego y barrer las habitaciones.

—Y Yoshida está enfermo —anunció Kinshi con una sonrisa—. No podrá unirse a nuestras celebraciones.

Minoru yacía sobre la estera.

—Entonces podré comer y beber cuanto desee —dijo alegremente. La idea de tener tres días de vacaciones sin los ojos de águila y la cortante lengua del maestro los complació a todos.

Para Jiro significaba que no tendría que dar explicaciones difíciles. Sabía que Mochida le permitiría salir. Podría pasar todo el tiempo con su madre. Si ella estaba dispuesta a recibirlo.

Mochida le permitió salir a la mañana siguiente.

—Pero ¿no prefieres esperar —preguntó—, al menos hasta que hayan servido la primera sopa del año?

Jiro agradeció su amabilidad, pero pensar en su madre sola y hambrienta le quitó el apetito para el banquete que se preparaba en el Hanaza.

Cuando Mochida vino a despertarlos y a enviar a dos de los muchachos a traer agua del pozo de los terrenos de santuario que se hallaba cerca de allí, Jiro ya estaba vestido y doblaba sus cobertores.

–¡Teiji! ¡Minoru! –ladró Mochida–. Ha comenzado un nuevo año. Por favor traigan el agua de la suerte antes de que se termine –los muchachos gruñeron y se dieron la vuelta. Jiro los pateó suavemente en broma.

–Sean buenos conmigo este año que comienza, amigos –dijo.

–Espérame en la puerta del costado –susurró Kinshi–. Yo la abriré y después pondré el cerrojo.

Jiro aguardó en la puerta. Se frotó las manos y golpeó el suelo con los pies. Hacía mucho frío. ¿Qué había planeado Kinshi para tenerlo aguardando allí en aquel frío?

Kinshi apareció como si proviniera de la cocina.

–Toma –dijo–, guarda esto bajo tu túnica –le entregó a Jiro un atado envuelto en un pañuelo, y una jarra–. Es sopa –dijo–. Basta con calentarla. Los pasteles de arroz están con lo demás.

–Kinshi, ¿por qué continúas robando para mí?

–Porque –el rostro de Kinshi expresó una angustia burlona–, en lugar de cerebro recibí plumas de ganso –se dio unos golpecitos en la cabeza y suspiró–. Ahora –dijo cambiando de tono–, vete y date prisa en regresar. No permitiremos que te pierdas de toda la diversión –le dio una palmada en el trasero.

La jarra que le había dado Kinshi, goteaba; cuando Jiro llegara a casa, su túnica estaría mojada. Estaba congelado por el frío. De no haber sido por la gente que había en la calle, que buscaba abrigo en los portales y las callejuelas, hubiera llevado la jarra en la mano. Estaba demasiado oscuro para verles los ojos, pero sentía sus miradas cuando pasaba frente a ellos. Aminoró el paso y trató de comportarse como alguien con hambre. Hacía mucho tiempo que no padecía verdadera hambre. Se inclinó un poco y colocó la mano sobre el vientre. Al menos todavía estaba delgado. Rogaba para que el aroma de la sopa no se esparciera.

El vecindario estaba oscuro y silencioso, y la casa tenía todavía los postigos cerrados. Entró por la puerta del costado y se dirigió hacia la parte de atrás.

–¡Madre! –gritó tan alto como pudo. No deseaba despertar a los vecinos–. ¡Madre! –no hubo respuesta. Intentó abrir la puerta de atrás. No tenía candado, así que la empujó y entró en la cocina–. ¿Madre? –se quitó las sandalias y se calzó los zuecos. No había ningún cobertor en la habitación donde solían dormir sus padres. Jiro sacó la jarra y el atado de su túnica y los colocó sobre la mesa de la cocina. Trepó descalzo desde el piso de piedra hasta la estera, asomó la cabeza por la cortina y miró en el taller. No había rastro de ella. ¿A dónde podría haber ido a esa hora de la mañana? Estaba oscuro y todavía faltaban varias horas para el amanecer.

Con un sentimiento de angustia y de alivio, porque podría haberle sucedido algo y porque no tendría que enfrentarse a ella todavía, Jiro encendió una lámpara y buscó en el antiguo escritorio hasta que halló una de las viejas túnicas de su padre. La cambió por la suya.

Había agua en el barril. Jiro sacó un poco y lavó la sopa de su propia camisa. «Si la dejara afuera, se congelaría», pensó; la torció para secarla lo mejor que pudo y la colgó en la cocina. Ahora el carbón. Había un poco. Jiro llevó el brasero al patio y lo encendió; cuando los nocivos humos ardieron, lo llevó de nuevo a la casa y colocó la marmita con agua encima de él.

Luego abrió el pañuelo de Kinshi. En una caja de madera, Kinshi había puesto un poco de cada una de las delicias que la señora Yoshida y los muchachos habían preparado la semana anterior, junto con té, pasteles de arroz, algunos dulces y exquisiteces que nunca había visto antes. En un rincón había un trozo de tela doblado. Jiro lo deshizo y halló tres monedas de plata diminutas. «Aquel bandido, aquel tonto, aquel ladrón». Les traería problemas a ambos con este tipo de travesuras. Devolvería el dinero.

–¿Quién eres?

Jiro se volvió al escuchar la voz de su madre, justo a tiempo para esquivar el madero que descargaba en el lugar en donde, unos segundos antes, se hallaba su cabeza.

–¡Madre! ¡Soy yo! –apenas podía reconocerla. Sus ojos lucían como los de una fiera; tenía el cabello revuelto y el kimono roto en el hombro.

Dejó caer el madero y lo miró fijamente; luego se desmayó. Jiro la levantó antes de que cayera sobre el piso de piedra de la cocina.

La arrastró por la cocina hasta el borde de la estera, donde la acostó, y luego le levantó las piernas. Parecía una muñeca de papel, pero pesaba y era difícil de mover. Trepó a la habitación y colocó un cojín bajo su cabeza; luego trajo un cobertor para cubrirla.

Sus ojos comenzaron a parpadear. Sacudió la cabeza y los hombros y se incorporó dolorosamente sobre los codos.

Jiro se arrodilló a su lado.

–Ha nacido un Nuevo Año. Este año, una vez más, pido su bondad.

–Año Nuevo –repitió monótonamente, y se recostó.

Jiro bajó a la cocina. El agua había hervido, así que preparó té y calentó un poco de sopa. Intentó sonreírle a Isako mientras trabajaba. –He traído un pequeño banquete conmigo –dijo tratando de sonar más alegre de lo que se sentía.

–Comida. ¿Dónde obtuviste comida?

–Yoshida la envió –no especificó cuál Yoshida.

–Ese vago sin casta. Tendrá suerte si reencarna en una cucaracha.

–Sí –asintió Jiro con alegría. Su madre había regresado a la normalidad–. Pero no hace daño probar su comida –dijo.

–Voy a cambiarme el kimono –Jiro asintió y se volvió para darle privacidad–. El mío se ha roto.

–Eso noté.

–Aquellas bestias me hubieran arrancado el brazo.

Jiro revolvió la sopa. ¿Debía preguntar qué había sucedido? ¿Se enojaría ella si pensaba que él se estaba entrometiendo?

–Veo que no te importa qué ocurrió.

—Sí, claro que sí. Yo...

—Estaba intentando... —su voz estaba tensa— conseguir un poco de comida.

—Oh —replicó él estúpidamente.

—Escuché el rumor de que distribuirían comida en el santuario de Ebisu. Sano me lo dijo. Los sacerdotes estaban repartiendo un regalo. De Saburo, dijeron.

—¿De Saabburo?

—Oh, tú conoces a Sano. Siempre tiene una historia: Hubo una gran fiesta la noche anterior para los mercaderes más ricos en casa de Kawaguchi. Mientras que la ciudad se muere de hambre, aquellos vampiros se reúnen para danzar sobre nuestros huesos. Bien, esta vez bebieron demasiado, o quizás, como dice Sano, el vino contenía una droga. En todo caso, cuando despertaron, los encargados del banquete se habían llevado todo; junto con la comida, los bolsos y toda su ropa excepto los interiores.

—¿Y eso era lo que distribuían los sacerdotes del santuario de Ebisu?

—¿Quién puede decirlo? En todo caso fue inútil, y también peligroso. Yo recibí un pequeño paquete de comida, al igual que Sano y Taro, pero cuando abandonábamos el santuario, había un tropel esperando: los que habían llegado demasiado tarde para la distribución.

—¿Te atacaron?

—No, no. Nos besaron las sandalias y rogaban por nuestra salud durante el nuevo año —concluyó amargamente.

Jiro se volvió.

–Lamento que te hayan maltratado –dijo.

–El hijo de Sano estaba allí para ayudarle a él.

–Sí –Jiro mantuvo la cabeza baja mientras servía la sopa. Sin más palabras. ¿Qué podría decir que no atrajera su enojo? Jiro corrió la mesa hacia el centro de la habitación. Dobló el cobertor, puso dos cojines a los lados de la mesa, y sirvió la comida.

No podía soportar verla comer. Isako parecía un mono de las montañas en el monte Hiei precipitándose sobre la basura que dejaban los peregrinos. Inclinó la cabeza y bebió su propia sopa con lentitud.

–No debemos comerlo todo ahora –dijo Isako abruptamente. Comenzó a limpiar la caja como un ama de casa–. ¿Qué es esto?

La piel de Jiro se erizó. Había olvidado el dinero.

–¿Hay algo allí? –era demasiado tarde para recobrarlo.

–Dinero –dijo ella–. ¿Dónde lo obtuviste?

–Supongo que Yoshida lo habrá colocado allí. Quizás es un regalo de Año Nuevo.

–Uff –hizo girar las monedas sobre la palma de la mano. Jiro aguardó a que dijera algo más, pero no dijo nada.

–¿Cómo está mi padre? –preguntó finalmente.

–Oh –respondió ella con una amarga mirada–. ¿Cómo habría de saberlo? Necesita comida apropiada. Y no hay comida, ni siquiera en el campo. Excepto en el seno de los mercaderes de arroz y de los usureros de Osaka.

El resto del día, mientras barría la estera y fregaba el piso de piedra de la cocina y del patio, imaginaba qué podría decirle. Si pudiera encontrar las palabras adecuadas, quizás ella comprendería por qué se había marchado al Hanaza y lo odiara un poco menos. Pero las palabras desaparecían antes de abrirse camino desde su seca garganta hasta sus labios. Deseaba que ella supiera que lo apreciaban en el Hanaza. Era ciertamente más inteligente que Minoru, y probablemente tan bueno como los otros muchachos, con excepción de Kinshi. Y Kinshi, incluso Wada reconocía que Kinshi había hecho de Jiro su amigo especial. Deseaba hablarle acerca de ello y decirle que, de alguna manera, les ayudaría a ella y a su padre. No sabía exactamente cómo. Sabía que no recibiría salario alguno hasta que lo promovieran a operario de pies, pero hallaría la manera de ayudarles. Tenía que hacerlo.

—Sano dice que el daimyo ha elevado el precio de la cabeza de Saburo —¿Por qué interrumpía ella los pensamientos de él con esa afirmación?

—¿Quién traicionaría a Saburo? Es el único amigo que tienen los pobres en estos tiempos.

—Eso demuestra cuánto te has alejado de los pobres —cosía la manga rota del kimono—. El hambre aleja el honor entre quienes tienen hambre. Si yo supiera su nombre lo delataría en un minuto. Diez Saburos juntos no valen un día de la vida de tu padre, ni de la mía, cuando tengo hambre. Las autoridades lo saben —mordió el hilo—. Pueden aguardar un poco más, hasta que alguien lo suficientemente hambriento o codicioso lo delate. Vendrá —asintió con la cabeza, segura de lo que decía—. No te preocupes. Alguien reclamará la recompensa. Antes de la cosecha de este año. Te apostaría mi ropa.

Estaba oscureciendo. Pasaría la noche allí, naturalmente. Ésa había sido su intención original, pero Isako no habló de ello y sintió que no era bienvenido. De todas maneras, pensó, sería mejor regresar aquella noche y dejar la comida. En el Hanaza podría comer y sería un desperdicio que utilizara la pequeña provisión que había traído consigo. Preparó una marmita de té y le sirvió una taza.

—Debes perdonar mi descortesía, pero debo regresar.

—¿Oh? —si ella le hubiera pedido que permaneciera allí, lo hubiera hecho. Pero todo lo que dijo fue «¿Oh?»

La túnica de Jiro todavía estaba húmeda, pero de todas maneras se la puso. No deseaba que Isako creyera que la importunaría de algún modo, ni siquiera con pedir prestada una de las viejas camisas de Hanji. Anudó la banda alrededor de su pegajoso torso y luego se puso su chaleco de algodón.

—Bien —sonrió—, creo que ya estoy preparado —hizo una pausa. Las palabras estaban en su boca, aquellas palabras que utiliza la gente cuando se dispone a dejar su hogar por unas pocas horas—. Sólo parto para regresar —dijo en voz baja.

Ella hizo un gesto como si se inclinara, pero su boca era una dura línea y sus ojos no revelaban nada.

—Date prisa en regresar —dijo finalmente.

El frío lo atacó como un perro rabioso, mordiéndole el rostro, las manos, los dedos de los pies y los tobillos. Introdujo las manos en las mangas de la túnica e inclinó la cabeza contra el viento. No quedaba lejos. En media hora estaría de regreso en el Hanaza. Comenzó a trotar suavemente, pero al hacerlo vio una nariz que asomaba por la callejuela, así que aminoró el paso. Volvió levemente la cabeza e intentó mirar por encima del hombro. Nadie parecía seguirlo. Seguramente no llevaba nada que alguien deseara robar, excepto quizás, su chaleco. Se agarró a él con los antebrazos.

–Oh, perdone –había estado a punto de tropezar con alguien que yacía en medio de la estrecha calle. Jiro se arrodilló a su lado y pudo distinguir la rala barba y las arrugadas facciones de un anciano. Tenía los ojos abiertos.

–¿Abuelo? Te harán daño si sigues tendido aquí. Permíteme ayudarte a caminar hasta el próximo portal –sacudió suavemente al anciano–. ¿Abuelo? –los ojos congelados contemplaban su rostro. Un hilillo de miedo recorrió el cuerpo de Jiro. La pobre criatura había muerto de hambre o de frío. Quizás de ambos. Finalmente consiguió arrastrarlo hacia la calzada, donde no lo pisaran ni lo arrollara una carreta. Jiro asió al anciano por los hombros y comenzó a tirarlo hacia atrás por la calzada. Llevaría el cadáver a la callejuela más cercana donde, pensaba, sus parientes podrían hallarlo y darle sepultura. Seguramente alguien vendría a buscarlo. Tendría un hijo o una hija que se preocupara por él. Jiro imaginó a su propio padre tendido en una calle, donde sería pateado y pisado, y comido por perros hambrientos. Tembló. No. Él se ocuparía de su padre y de su madre. Nada les sucedería.

—Detente, ladronzuelo —la voz que escuchaba detrás era baja. Jiro se volvió y contempló un hombre grande que llevaba el cabello como un samurai y levantaba una larga espada: era uno de los ronin que constituían una plaga para la ciudad, al igual que las ratas—: Esta calle es mi territorio.

—N-n-no soy un ladrón —protestó Jiro—. El anciano está muerto. Yo sólo... —soltó el cadáver e intentó retroceder, pero el ronin lo asió por el chaleco.

—Lo llevabas hacia una callejuela para poder despojarlo de lo que tenga.

—No, de verdad que no.

—Éste es mi territorio, sucio vampirito —levantó la espada aún más alto.

La escena parecía tomada de una función de marionetas. A Jiro le parecía incluso más irreal. ¿Cómo podría ser asesinado por un samurai proscrito en la primera noche del Año Nuevo? Su túnica conservaba el débil olor a sopa y sus orejas ardían por el hielo. Un anciano podría morir, pero no él. Su vida apenas comenzaba. Si sólo hubiera tenido el dinero, hubiera podido sobornar al ronin. Pero ahora, a menos que pudiera escapar de sus puños de hierro...

Luego escuchó un golpe y el ronin cayó a sus pies.

—¿Qué haces aquí afuera? —era la fiera y bien conocida voz de Yoshida.

—Yo...

—Casi te haces matar.

—Sí —el muchacho comenzó a temblar. Ahora estaba realmente atemorizado—. Gracias, señor —le castañeteaban los dientes.

—No me lo agradezcas —dijo—. No me has visto esta noche. Recuérdalo.

—Sí, señor.

—Ahora, regresa tan rápido como puedas.

Jiro salió corriendo como un conejo que escapa de la boca de un lobo y se precipita hacia su madriguera, sin mirar ni una sola vez hacia atrás.

Capítulo VII

LA NUEVA OBRA
DE OKADA

Jiro se reclinó ahogado sobre la puerta lateral del Hanaza. Tendría que controlarse antes de que alguien lo viera. Qué día tan extraño y perturbador para ser el primer día del Año Nuevo. ¿Qué significado tendría para el resto del año? ¡Ara! La idea le golpeó el pecho como una bola de nieve. Había olvidado, había olvidado por completo hacer la peregrinación de Año Nuevo. Hubiera debido acudir al santuario que se encontraba al final de la calle Dotombori aquella mañana camino a casa, pero estaba tan preocupado por la jarra y por el encuentro con su madre, que no le pasó por la mente hacerlo. Si de él dependiera, nunca hubiera rezado por el Año Nuevo, pero sus padres acostumbraban llevarlo siempre al santuario el primer día del año. Ahora su falta de piedad se sumaría a los perturbadores presagios del día. Pensó en regresar, pero en ese momento la perspectiva de encontrar de nuevo a Yoshida en su camino era más temible que la mala suerte del año que en ese momento comenzaba.

–He regresado –llamó desde la puerta. Se vio obligado a llamar dos veces más antes de escuchar ruidos en el pasillo y, finalmente, en medio de risas y amistosos golpes, abrieron el cerrojo y la puerta para dejarlo pasar.

–Ahh, Jiro, bienvenido a casa –Minoru se limpió la nariz con la parte de atrás de la manga.

–T-t-t-te perdiste de toda la diversión –Teiji dio un puño a Minoru y ambos se echaron a reír otra vez.

–¿Se han tomado todo el vino entre ustedes dos, muchachos? –preguntó Jiro.

–No todo –replicó alegremente Minoru–. Pero lo intentamos, ¿verdad Teiji?

–H-h-h-habla por ti mismo, cerdito –respondió Teiji y se dirigió por el pasillo hacia la habitación de los muchachos, con Minoru a sus talones.

Jiro cerró la puerta y pasó el cerrojo. Era obvio que Yoshida no se encontraba por allí.

–Sí –confirmó Kinshi más tarde–. Continúa enfermo.

–Con un poco de suerte –aunque estaba ebrio, Wada era tan cauteloso que miraba con atención a Kinshi mientras hablaba–, con un poco de suerte, permanecerá enfermo durante todas las vacaciones.

–Con un poco de suerte –dijo Kinshi–, podría ser fatal –echó la cabeza hacia atrás y rió estruendosamente.

Todos gritaban de la risa, excepto Jiro. Experimentó angustia ante el irrespeto de su amigo. Quizás era el hecho de que Yoshida había salvado su vida hacía menos de una hora.

Kinshi se inclinó y revolvió los cabellos de Jiro.

–Minoru, trae un vaso de vino para este rostro de lagarto antes de que malogre nuestra fiesta.

Yoshida no pisó el Hanaza durante los primeros tres días del Año Nuevo, pero llegó al cuarto día, completamente recuperado, con un nuevo anuncio para la cartelera. Los muchachos aguardaban impacientes mientras que sus mayores se apiñaban frente a ella para leer las instrucciones del maestro para la pieza de Okada.

–No –gimió Kinshi suavemente; como era el más alto, podía leer sobre las cabezas de sus mayores y ver el anuncio antes de los otros muchachos–. ¿Por qué lo hace?

La obra debía comenzar en una semana, pero Yoshida había decidido, con tan poco tiempo de anterioridad, cambiar los operarios. Él continuaría como operario del bandido Joman, el personaje principal, pero en vez de Mochida en la mano izquierda y Kawada en los pies, Mochida tendría que ser el operario principal de Fusamu, una cortesana que ayuda al forajido a escapar de las autoridades. Técnicamente hablando, se trataba de un papel secundario pues la marioneta aparecía únicamente en un acto, pero durante el tiempo que per-

manecía en escena, reía y lloraba, incluso bailaba. Era el
papel de ensueño para un operario. O una pesadilla,
pues allí, bajo los nombres de Mochida como operario
principal y de Ueno, uno de los operarios de pies, Jiro
vio su propio nombre, como operario de la mano izquierda. Sería el operario de pies para el personaje de
Fusamu. No estaba preparado para desempeñar aquella
responsabilidad. Sabía que no lo estaba. ¿Era por eso
que gemía Kinshi?

–Mira –dijo Kinshi como si le respondiera–. Mira
eso –su dedo señalaba su propio nombre. Kinshi sería el
operario de pies para el bandido Joman. Kawada sería el
operario de la mano izquierda. La cabeza del muchacho
mayor estaba sepultada entre sus manos–. Yoshida sabe
que no puedo trabajar con él. ¿Por qué hace esto?

–Creo que la fiebre le afectó el cerebro –dijo Wada
en un ronco susurro–. Mira a quién designó como operario de pies para Fusamu.

–Oye –dijo Kinshi–. No dejes que se te noten los
cuernos de los celos, Wada. Además, no te agradan las
marionetas femeninas. Está bien, Jiro. Yoshida te está
dando una gran oportunidad.

–No estoy preparado.

–Oh, cuando Wada y yo hayamos terminado contigo, lo estarás, ¿verdad Wada?

–Sí –dijo Wada de mala gana.

Kinshi le propinó a Wada un golpe amistoso.

–Alégrate. Es más divertido ser el principal de los
muchachos que el último de los operarios de pies, sabes.
De todas maneras pronto tendrás una oportunidad.

Wada se encogió de hombros. Nunca se sabía con el caprichoso Yoshida.

Ser operario de pies de una marioneta femenina tiene ciertas dificultades; la primera de ellas es que la marioneta no tiene pies. Jiro, claro está, ya sabía cómo pellizcar el dobladillo del kimono con su índice y con los dedos del centro para dar la ilusión de que tenía pies; sabía también cómo colocar sus puños para imitar las rodillas de la marioneta. Pero ¡bailar! La sola palabra le daba escalofríos. Bailar con aquellos delicados pasitos, aquellos giros, coordinando todo a la perfección con las manos y con la cabeza. Enfermo de aprehensión, casi renunció a comer. Mientras los demás lo hacían, él manipulaba los «pies» de la dama que colgaba de la viga (no la verdadera Fusamu, sino una vieja marioneta que le había traído Kinshi de la bodega). Los demás le gritaban sus críticas, habitualmente con la boca llena, de manera que su angustia natural se veía aumentada por la incapacidad de comprender la mitad de lo que decían.

Jiro encendía la lámpara mucho después de que los demás se habían acostado y practicaba frente al espejo. Los alegres ronquidos de Minoru eran su única compañía, aunque el gordo muchacho se quejaba amargamente de que la luz lo había mantenido despierto toda la noche.

En las mañanas, Jiro practicaba con Mochida y Ueno. Al comienzo, Ueno no podía ocultar su disgusto por la falta de experiencia de Jiro. El muchacho escuchó una vez que el operario hablaba del «bebé llorón que

Yoshida ha colocado sobre mis espaldas». Pero Mochida, como operario principal, aunque severo en sus maneras, nunca golpeó a Jiro ni lo pateó con sus altos zancos. Jiro tenía suerte. La pierna derecha del pobre Kinshi estaba amoratada por las patadas de Yoshida.

Los días y las noches transcurrían en una especie de bruma de ensayos y miedo, hasta que poco antes de que se iniciaran los ensayos con vestidos, Jiro advirtió que ya no luchaba por estar a la altura de los demás. Los pies de Fusamu flotaban con el resto de su cuerpo. La marioneta cortesana bailaba.

Al final del ensayo, Mochida y Ueno asintieron con la cabeza. No lo felicitaron y ni siquiera le hablaron de ello. Tal cosa no se acostumbraba en el Hanaza. Pero habían asentido, con lo cual le hacían saber a Jiro que en su opinión Fusamu había cobrado vida. Estaban preparados para los ensayos con vestidos, al igual que el resto del elenco. Okada, como recitador principal, nunca practicaba; sin embargo, uno de sus asistentes, Toyokate, recitaba el texto de cada escena y el joven Tozo lo acompañaba con el samisen.

La escena narraba que Joman el forajido se había refugiado en la casa de una cortesana llamada Fusamu. La mujer pronto se enamora del bandido y promete ocultarlo de la policía que lo acosa.

Cuando llegan las autoridades, Fusamu les permite buscar por toda la casa. No hallan ningún bandido, sólo a la sirvienta de Fusamu y a su anciana «madre» calva, quien, según la cortesana, ha venido del campo para visitarla y ha caído enferma. Joman, tosiendo y escupiendo, representa convincentemente a la anciana enferma.

La policía parece darse por satisfecha, pero para estar seguros, vigilan la casa de la cortesana durante veinticuatro horas.

Fusamu comienza a chillar y a llorar. Cuando irrumpen los vecinos, acompañados por los agentes que han estado vigilando la casa, les explica que su anciana madre ha muerto, y envía a alguien a buscar a «sus parientes del campo» (que en realidad son los lugartenientes de Joman), para que lleven el cadáver al cementerio. Para engañar a los agentes, Fusamu finge enloquecer de pena y comienza a bailar, primero con calma, pero cada vez con mayor violencia. Los tres agentes deben ocuparse de dominarla y mientras la sostienen para impedir que se haga daño, los «parientes del campo» se llevan el «cadáver».

La secuencia de la danza era crucial para aquella escena. Jiro debía golpear el piso con fuerza con sus propios pies para imitar el sonido de los locos pasos de la cortesana. La voz de Toyotake, el recitador, alcanzó este clímax y, al hacerlo, bajo la caperuza negra de Jiro, apareció el sudor en su frente. Pero el pánico de la semana anterior había desaparecido. Podía sentir la presencia de Mochida y de Ueno a cada lado, sus cuerpos tensos como los de los luchadores, sus sentimientos que flotaban hacia la marioneta al igual que los de Jiro. El veneno del resentimiento y de la angustia entre los tres operarios se había desvanecido. La confianza y la unidad estaban dadas de ante-

mano y todos podían centrar su atención en la marioneta.

Cuando la escena hubo terminado (el cuerpo de
Joman había sido llevado por sus cómplices entre los
chillidos de loco duelo que Toyotake ponía en boca de
Fusamu) los tres se apresuraron a sacar a Fusamu del
escenario. Mochida lo codeó simulando que lo hacía
accidentalmente, pero Jiro sabía que era su manera de
agradecer. Habían trabajado bien. Los tres lo sabían. Y
Yoshida era el único público al que temían. «Si sólo mi
madre pudiera ver a su torpe hijo», pensaba Jiro.

Más tarde, durante la cena de arroz y pescado seco,
Kinshi le habló.

–Fusamu respiró hoy.

–¿Lo crees? –Jiro intentaba ocultar su emoción.

–No puedo enseñarte nada más, sabes –Kinshi
evitó la mirada de Jiro añadiendo pepinillos al arroz
y vertiendo más té en su taza–. Sería como un gorrión aprendiendo de una tortuga –sorbió ruidosamente su mezcla de arroz y té.

–Tonterías.

–¿Lo son?

Kinshi volvió sus ojos hacia Jiro. Estaban llenos de
dolor.

Esta vez fue Jiro quien se dedicó a comer ruidosamente.

Las bolsas de los mercaderes estaban llenas después del Año Nuevo, pues los pobres estaban obligados
a cancelar todas sus deudas antes de iniciar el Año Nuevo.

Y asistieron en masa al estreno de la nueva obra de Okada. Incluso entre la élite se rumoreaba que Okada había producido algo que merecía la pena ser visto, así que los samurai de alto nivel, cuyo código les prohibía rebajarse a algo tan vulgar como el teatro, se calaban sus amplios sombreros tejidos para ocultarse e intentaban mezclarse inadvertidamente con el público que asistía al Hanaza.

La danza loca resultó ser una de las escenas favoritas, y la sangre de Jiro corría de prisa con los gritos y aplausos del público. Ni siquiera el final calmaba el entusiasmo de los mercaderes y guerreros. Jiro se preguntaba cómo reaccionarían ante el inteligente Joman, quien, de manera incómoda, se asemejaba tanto a Saburo.

Sin embargo, aquellos mismos hombres que juraban en público poner fin «al demonio de Saburo» o morir en el intento, se sostenían el enorme vientre y reían estruendosamente cuando Joman salvaba su cuello del hacha y hacía de sus perseguidores el hazmerreír de todos. Los sombreros de paja se les deslizaban de la cabeza cuando los samurais se golpeaban los muslos y gritaban a la marioneta:

—¡Banzai! ¡Vive diez mil años más!

Las autoridades parecían menos divertidas. A cada función asistían conocidos espías y agentes encubiertos.

—Pero —como señalaba Kinshi—, todos pagan su entrada.

Así, como resultado conjunto del éxito y refinamiento de la obra, el Hanaza estaba haciendo el mejor negocio de la ciudad.

Capítulo VIII

PRESENTACIÓN OBLIGADA

El frío de febrero amainó en marzo, y marzo, después de ciertas veleidades, se tornó en un cálido abril. En el Hanaza, *El ladrón del Tokaido* continuaba prosperando en dinero y alabanzas a pesar del cambio de estación. Fusamu recibía ovaciones noche tras noche. La amoratada pierna de Kinshi recobraba su color natural. En general, el teatro llegó a ser casi un lugar alegre durante la primavera.

Fuera de sus muros, sin embargo, la ciudad saludaba la nueva estación con un ánimo bien diferente. Quizás el frío había condenado a los pobres a la pasividad durante el invierno; ahora, bandas de hombres y mujeres desesperados, algunas veces con sus hijos a rastras, erraban por las calles. Las noches primaverales se hallaban en perpetua agitación gracias a estos vagabundos nocturnos. Tal vez tenían algún destino o meta en mente, nadie se atrevía a preguntar. Ocasionalmente, una de estas turbas desencadenaba una lluvia de piedras contra los postigos de una tienda o la portada de la casa de un hombre adinerado, pero habitualmente parecían errar por la tierra como espíritus a quienes se les había negado la entrada al cielo y al infierno.

Una noche, Jiro despertó al escuchar golpes en su puerta. Primero pensó que se trataba de vagos; como muchacho menor, le correspondía abrir la puerta. Se introdujo debajo del cobertor para no escuchar los golpes.

—¡Jiro! —la voz de Kinshi llegó a través de la oscuridad—. Hay alguien en la puerta. ¡Despierta!

—Estoy despierto. Son vagos nocturnos, ¿no crees?

—No. Insisten demasiado. Iré contigo.

Los dos muchachos avanzaron por el oscuro pasillo. Ahora una voz acompañaba los golpes.

—¡Vamos! —gritó Kinshi, despertando a aquéllos del ala occidental a quienes el visitante no había conseguido levantar con los golpes.

—Ten cuidado —dijo Jiro, mientras el muchacho mayor corría el cerrojo y abría un poco la puerta. Kinshi intentaba mirar por la ranura.

—¿Quién es?

Jiro permanecía al lado de Kinshi contra la puerta, en caso de que fuera preciso cerrarla con fuerza.

–¿Quién está ahí? –susurró.

–Nadie –respondió Kinshi–. Seguramente se marchó –abrió la puerta un poco más y se asomó a la callejuela. Jiro lo codeó hasta que consiguió asomarse también. No se veía a nadie. El visitante debió de haber echado a correr en cuanto escuchó la voz de Kinshi.

–¿Qué es esto? –Kinshi se volvió. Un papel se hallaba clavado en la puerta. Lo arrancó.

Los muchachos corrieron de nuevo el cerrojo.

–Debemos conseguir una luz, Jiro. Es algún tipo de mensaje...

Mochida se encontraba en el pasillo al lado de su habitación.

–¿Qué es este alboroto? –preguntó.

Kinshi extendió el papel.

–Alguien clavó esto en la puerta y huyó.

–Entren aquí –introdujo a los muchachos a la habitación que compartía con otros tres operarios, quienes se incorporaron sobre sus cobertores. Mochida trajo las piedras para hacer fuego y las frotó para encender una lámpara–. Ahora veremos qué travesura es ésta.

Era un anuncio escrito con bellas pinceladas, elaborado con tanto cuidado como un poema formal. Decía:

El rey de los ladrones (conocido por algunos como Saburo) estará en el Hanaza el jueves para asistir a una presentación obligada de la obra, El ladrón del Tokaido, que deberá comenzar a la caída de la tarde. La entrada a esta función será libre para sus leales súbditos, los pobres de Osaka, todos cuantos sea posible recibir en el teatro. Hasta entonces...

—¡Saburo! —Kinshi se hallaba evidentemente complacido—. ¡Saburo en nuestro teatro!

—Sí —dijo Mochida—. Ya era hora de que ocurriera algún desastre. Las cosas iban demasiado bien —miró a los muchachos—. ¿Supongo que mi destino es llevar este mensaje de perdición a Yoshida? —ninguno de los muchachos, ni los otros operarios se ofrecieron a relevarlo. No obstante, Mochida informó más tarde que Yoshida había recibido la noticia con sorprendente serenidad y había ordenado que el anuncio se colocara en el patio.

La reacción de Jiro frente a la noticia se asemejaba más a la de Mochida que a la de Kinshi. Estudiaba las palabras como si fueran una especie de advertencia. Pero era como si la advertencia estuviera escrita en una lengua desconocida, así que no sabía cómo debía acatarla.

Para el resto de los habitantes del Hanaza, el mensaje del bandido constituía una fuente de entusiastas especulaciones. Se reunían en grupos frente a la cartelera y discutían acerca de si las bellas pinceladas significaban que el bandido era un erudito, o sólo que tenía acceso a un escribano culto.

«¡Pero la osadía de este hombre, imagínense!», éste era el único punto sobre el que todos coincidían, incluyendo a las autoridades.

Un destacamento de agentes especiales apareció en el teatro, exigiendo saber qué significaba el cartel de Yoshida. El magistrado asistente vino a caballo, acompañado por dos subasistentes, cada uno de los cuales estaba acompañado a su vez por cinco asistentes, lo cual indicaba la importancia que el daimyo le concedía al asunto.

El magistrado asistente cabalgó hasta la puerta de la callejuela y se apeó con gran ceremonia. Llevaba las dos espadas de un samurai de alto nivel, un traje negro y una capa negra en la espalda, sobre la cual estaba bordado el emblema de su noble familia, la cresta de una garza con las alas desplegadas. No se detuvo a quitarse los zuecos, sino que irrumpió en el camerino de Yoshida con su pequeño ejército detrás.

Durante la ruidosa entrevista que sostuvo con Yoshida, todos los miembros del Hanaza, que no habían sido citados a comparecer a la reunión, hallaron algún pretexto para trabajar lo más cerca posible de la puerta. Jiro barría con cuidado el patio por tercera vez cuando el magistrado asistente, seguido por sus hombres que parecían orgullosos patitos detrás de su pomposa madre, marchó hacia la cartelera. Obedeciendo a sus órdenes, dos de los asistentes de los subasistentes arrancaron el mensaje de Saburo y lo hicieron trizas.

La función no sería permitida. Los pobres se hallaban ya en un ánimo belicoso. Permitir que una multitud de ellos se reuniera en un lugar público era peligroso; permitir que lo hicieran a la caída de la tarde era impensable.

–Sí –respondió Yoshida–. Son ustedes muy sabios. Por mi parte, ciertamente no deseo en absoluto ver destruido mi teatro a manos de un tropel indomable. Sin embargo...

–¿Sin embargo qué? –preguntó el magistrado asistente.

—Sin embargo, desde el punto de vista de las autoridades, saber que Saburo se encontrará en determinado lugar a cierta hora... —Jiro tuvo que levantar la vista para asegurarse de que era Yoshida quien hablaba. Nunca había escuchado aquel tono de voz. El maestro de las marionetas parecía hablar como un pariente pobre en la fiesta de Año Nuevo. Su obsequiosa voz prosiguió—: Usted, señor, es un hombre extraordinario, pues está en condiciones de anteponer el bien de la ciudad a otras consideraciones. Supongo que un hombre inferior, pensando sólo en su honor, o incluso en la recompensa...

—Se trata de un truco, idiota. Saburo nunca vendría. Sencillamente desea que la policía se encuentre ocupada en un lugar, en tanto que él hace de las suyas en otro.

—Oh, ya veo —dijo Yoshida—. Claro está, tiene usted razón. Nunca vendría aquí. Ni siquiera Saburo es tan osado. Después de todo, no es tonto.

«Está actuando», pensó Jiro. «Intenta manipular al oficial de la policía como...»

Pero el magistrado asistente le había vuelto la espalda adornada con el emblema a Yoshida en la mitad del discurso del titiritero, como si estuviera dispuesto a mostrar la mayor descortesía. Dio una orden cortante después de la cual, encabezando su pequeño rebaño de asistentes y subasistentes, atravesó el patio y salió a la callejuela.

Regresaron antes del anochecer. El daimyo había intervenido. El magistrado asistente apenas podía contener su ira mientras informaba a Yoshida que su Señoría había ordenado la realización de la función.

–¡Pero mi teatro! –casi que chillaba el titiritero–. Usted mismo afirmó esta mañana que...

–Yo cumplo órdenes, titiritero –respondió el magistrado asistente entre dientes–. Y también lo hará usted –cuando llegó a la puerta se volvió de nuevo–. Habrá suficientes policías, no tema. Suficientes policías.

Las funciones habituales del Hanaza comenzaban en la mañana y se extendían hasta el atardecer, para aprovechar al máximo la luz del día. Pero Saburo había especificado que la función debía comenzar al caer de la tarde y nadie creía que fuera el tipo de persona que admitiría compromisos. Trajeron todas las lámparas que había en el teatro. Luego Yoshida envió a los casados a buscar todas las que pudieran hallar en sus casas. Incluso a los músicos del ala oriental se les solicitó aportar sus lámparas, y los muchachos fueron enviados a insertar clavijas a lo largo de las paredes y en las columnas, de donde habrían de colgarlas. Habría una fila de luces sobre el balcón que rodeaba el escenario. Todos estaban frenéticos con los preparativos y la anticipación, excepto Mochida, quien estaba muerto de miedo de que alguien tropezara con una lámpara y transformara la gloria del Hanaza en carbones para la sopa de un desharrapado.

Al atardecer del jueves había más de las cien personas que podía acomodar el teatro. Primero entró la policía. Había cerca de diez, incluyendo al magistrado asistente; se ubicaron en puntos estratégicos por todo el teatro. Luego el teatro se llenó con el olor de cuerpos sin bañar y con los gestos nerviosos de hombres, mujeres y niños cuyo único alimento era la ira que los poseía. Otros policías se apostaron en la entrada y en los pasillos que comunicaban con las alas oriental y occidental donde se encontraban los camerinos.

Kinshi y Jiro permanecieron entre bastidores, contemplando el público compuesto por policías y mendigos. Era como si un pescador hubiera lanzado sus redes sin mirar y hubiera atrapado un racimo de ortigas ponzoñosas junto con unas pocas carpas brillantes y uno o dos gordos pulpos.

–Mira –Jiro codeó a Kinshi–. En el medio, hacia la izquierda.

Kinshi intentó dirigir la mirada hacia el lugar señalado por Jiro.

–¿Dónde?

–La pequeña mujer vestida de gris. Es mi madre – súbitamente se sintió enfermo. Si hubiera desórdenes en el teatro aquella noche, ¿qué haría?

–Kinshi, te lo ruego. Baja y dile que se marche. A mí no me prestará atención.

–Déjala en paz. ¿Cuando tendrá otra oportunidad de ver actuar a su hijo? Sería una lástima que se perdiera de tu Fusamu.

–¿Dónde está tu madre esta noche?

–En casa. Yoshida le encargó unos oficios...

–¿Lo ves? Yoshida no desea que esté aquí esta noche. Sabe que probablemente habrá problemas.

¿Qué más sabía Yoshida? Jiro no podía olvidar la escena que había representado ante los oficiales de policía.

—Convence a mi madre de que se marche, por favor.

—Tonterías. Bajaré y le diré que preste atención a los pies de Fusamu —Kinshi se aproximó al frente del escenario y bajó sin ceremonias, colocando primero una pierna y luego la otra sobre el balcón. La gente que se apiñaba en la primera fila, se hizo a un lado cuando vio sus pies sobre ellos. Dio un rodeo, abriéndose camino hacia el lugar donde se encontraba Isako. No había espacio suficiente para arrodillarse, así que se inclinó sobre ella como una enorme ave, con las manos sobre las rodillas y moviendo los codos al hablar. Isako inclinaba la cabeza con nerviosos golpecitos, completando el cuadro de un gorrión que se enfrenta a una amistosa garza sin saber qué hacer. Finalmente, Kinshi se inclinó profundamente y estuvo a punto de golpear a la mujer con la cabeza al levantarse. Regresó por entre la multitud excusándose a derecha y a izquierda, pues sus pies eran demasiado grandes para hallar un lugar que no estuviera ocupado.

—¿Qué dijo?

—¿Qué dicen siempre las madres? —respondió Kinshi—. Las dulzuras habituales. Cuán orgullosa está...

—Mi madre no habla así.

—La verdad —dijo Kinshi—, no dijo una palabra. Sólo pensé que te sentirías mejor si yo... —terminó mansamente encogiéndose de hombros.

–¿Le dijiste que se marchara?

–No, por supuesto que no. Le dije que no se perdiera el tercer acto.

No había nada que hacer. La función iba a comenzar. Kinshi se dirigió a su camerino para colocarse la caperuza para el primer acto. Teiji acudió a ocupar su lugar al lado del telón.

–¿C–c–c–cuál crees que es Saburo? –susurró.

–¿Saburo?

–Se encuentra ahí en alguna parte –Teiji estudiaba el público, rostro por rostro–. ¿Q–q–qué tal aquel ronin con el rostro sucio en la primera fila? No. Demasiado obvio –rió–. P–p–probablemente es uno de los policías o incluso –dio un puño a Jiro y señaló con la nariz– aquella cómica mujercita de rostro feroz.

–Ésa es mi madre.

–Oh, Jiro. Lo s–s–s–siento –el pobre Teiji no pudo ocultar su abatimiento.

–No te preocupes. En efecto, es bastante feroz.

Wada, con su caperuza, había entrado en el escenario desde los bastidores de la izquierda. Golpeó dos bloques de madera uno contra otro para llamar la atención del público y recitó los nombres de los actores de *El ladrón del Tokaido.* Su voz se apagó con el llamado:

–¡Tozai! ¡Toza–i–i–i! ¡Escuchad! ¡Escuchad!

Okada levantó el texto e inclinó la cabeza. Se oyeron las primeras notas del samisen.

–Hace muchísimos años, vivía un hombre extraordinario... –a la luz poniente de la tarde de primavera, se había dado inicio a la obligada función.

Era la primera vez que el Hanaza tenía este tipo de público. Se retorcían de risa y aplaudían cada vez que Joman conseguía engañar a las autoridades. Lloraron a lágrima viva, hombres y mujeres por igual, cuando el joven hijo de Joman prefirió morir antes que revelar el paradero de su padre. Y cuando Fusamu comenzó su loca danza y el «cadáver» de Joman fue puesto a salvo, se incorporaron y comenzaron a golpear el piso con los pies.

–¡Banzai! –exclamaban–. ¡Banzai! –y Jiro no pudo impedir sentirse alegre de que su madre se encontrara allí para escuchar las ovaciones.

Cuando la oscuridad era casi completa, Jiro y Wada encendieron las lámparas colocadas sobre el balcón, en las paredes y en las columnas. Los policías se movían incómodos en sus estrechos espacios.

En la escena siguiente, Joman descubrió que había un traidor en su banda. Se ingenió una serie de pruebas para descubrir la identidad del presunto traidor. Pero ni siquiera el astuto Joman sospechaba que era su propia esposa quien se disponía a entregarlo a las autoridades.

Jiro reemplazó a Teiji en el telón para que éste pudiera prepararse para manipular la marioneta del soldado. El público gemía mientras Joman probaba a sus leales seguidores uno tras otro, en tanto que la verdadera culpable permanecía allí tejiendo como una buena esposa campesina.

Ocasionalmente, alguien gritaba: «¡Detrás de ti, Joman, detrás de ti!», o bien, «Es ella. La que comparte tu lecho», el público no se hubiera mostrado más involucrado si se hallara en el propio escenario. «¡Joman! ¡Mira!», la mujer se había levantado de la rueca y había colocado un farol en la puerta de la casa campesina donde se ocultaba Joman. Los soldados avanzaban en la oscuridad para rodear la casa. Habían visto la señal. Todos menos el desventurado Joman la había visto. Él (¡tonto quien confía en una mujer!) tomó una copa de vino drogado de las traidoras manos de su mujer y luego, al sentir que el sueño se apoderaba de sus miembros, se tendió sobre los cobertores que ella le había preparado.

«¡No, Joman, no!», gritaba el público al terminar la escena donde el héroe aparecía fatalmente atrapado.

Jiro y Wada entraron a cambiar los decorados. La escena siguiente ocurría en una pequeña casa donde Joman se hallaba prisionero, cerca de los terrenos donde sería ajusticiado. Había sido condenado a morir al día siguiente. Jiro debía ocultarse tras los bastidores y sostener una rama de la que colgaban flores de cerezo hechas de papel.

La idea de una persona joven que moría en primavera siempre resultaba conmovedora. Incluso los vagos callejeros que se encontraban entre el público suspiraron al ver la rama.

La desleal esposa de Joman apareció. La audiencia silbó entre dientes. Ella permaneció de pie bajo la rama de cerezo y recordó otras primaveras, cuando el amor era joven y el mundo lucía puro y brillante. Súbitamente, escuchó una voz dentro de la casa – era Joman cantando una antigua balada acerca de la veleidad femenina y la brevedad y miseria de la vida humana. Mientras lo escuchaba, la malvada mujer fue presa del remordimiento. Sacó de su manga la pequeña daga que las mujeres llevan siempre consigo para protegerse y, meditando sobre sus pecados y su triste destino, introdujo la hoja profundamente en su pecho, gritándole a Joman: «¡Perdóname, perdóname!», mientras expiraba con decoro.

El público comenzó a conversar una vez terminada la escena. ¿Debería Joman perdonarla a pesar de su traición? Nunca, declaraban algunos. Traicionar al esposo es atraer deshonor eterno sobre sí. Pero, decían otros, ¿no había pagado su deuda de honor con la propia vida?

El recitador y el músico aparecieron para iniciar el último acto; todas las disputas cesaron y todos los ojos se centraron sobre el mal iluminado escenario.

El día estaba oscuro y tormentoso cuando llegaron los soldados para conducir a Joman al lugar donde sería ejecutado. (En la parte de atrás del escenario, Jiro golpeaba ollas de metal, unas contra otras, mientras que Wada y Teiji, cada uno en un costado del escenario, ondeaban una larga cinta de seda amarilla que simulaba los ryos.)

Un grupo de figuras fantasmales hizo su aparición. Los soldados, atemorizados pero decididos a cumplir con su deber, entraron en la habitación donde Joman se hallaba prisionero para llevarlo al lugar de su sepultura. Lo encontraron en el suelo, aparentemente sin vida. Desde lo alto, escucharon una voz fantasmagórica:

«Oh, hermanos, mi alma ha partido ya de este despreciable cuerpo y sigue atormentada por todos sus pecados», los alaridos se aunaban a la tormenta en la parte de atrás del escenario. «Tiren la cáscara que abrigó alguna vez tan venenoso fruto para que sea devorada por los cuervos. Luego diríjanse al templo a rezar para que sus manos, que han sido contaminadas por el mal, recobren su pureza», más alaridos y ruidos.

Las marionetas de los soldados temblaban visiblemente, pero el sentido del deber llevó a uno de de ellos a sugerir que lo decapitaran de todas maneras: Debían presentar la cabeza al daimyo como prueba de que habían cumplido sus órdenes.

«Sí», dijo la voz fantasmal, «separen esta maldita cabeza de mi cuerpo y cuélguenla de un poste a las puertas de la ciudad, pues posee grandes poderes para limpiarla de toda su maldad», se oyeron alaridos más fuertes. «Una sola mirada a estos ojos, y cualquier hombre que jamás haya mentido verá su boca cubierta de horribles llagas. Cualquier hombre que le haya sido infiel a su mujer, así haya sido con una mirada coqueta, caerá mortalmente enfermo de lepra; y cualquier hombre que haya robado o incluso sentido envidia de lo ajeno, perderá de inmediato sus manos. Así, la ciudad se verá purificada, no sólo de todo malhechor, sino además de todos aquéllos cuyos corazones hayan sido ensombrecidos por malos pensamientos. Sí. Tomen mi cabeza, hombres valerosos. Ustedes cuyos corazones están inmaculados».

Para entonces, los soldados estaban a punto de perder el sentido por el miedo que los invadía. Decidieron decapitar el cuerpo de la mujer de Joman, llevar la cabeza atada en un pañuelo al daimyo y repetir el horrible mensaje en caso de que el anciano tuviera la idea de desenvolver el paquete y mirarlo.

Cuando hubieron partido, Joman se incorporó, el bandido que había producido la voz fantasmal bajó del tejado, los que habían imitado al grupo de fantasmas acudieron corriendo y el bandido y sus compañeros se reunieron con gran alegría frente al estruendoso aplauso del público.

Okada, quien había recitado el acto final, así como el primero, el tercero y el quinto, sostuvo el texto en alto y se inclinó.

De repente, como si obedecieran a una señal, todas las personas que se encontraban cerca de las lámparas se inclinaron y las apagaron. Simultáneamente cesaron los aplausos y las ovaciones, tan abruptamente como si su mecha también se hubiera extinguido.

Una voz flotaba sobre la silenciosa oscuridad.

–Gracias, amigos, tanto para quienes actuaron como para quienes asistieron. Cuando se dé la señal, abandonen el teatro pausadamente, sin atraer la atención, pues hay policías vigilando afuera. Los actores deben contar lentamente hasta cinco mil antes de encender de nuevo las lámparas. Y recuerden, mis amigos, el horror que experimentaron cuando Joman fue traicionado. Recuerden eso si alguno de ustedes siente jamás una tentación semejante.

El teatro estaba en silencio, aguardando otra palabra de Saburo. Finalmente, la voz dijo:

—Ahora pueden marcharse.

Jiro podía escuchar a la multitud que salía en silencio del teatro. Aguardó inmóvil en la oscuridad hasta que una voz dijo quedamente:

—Cinco mil. Ahora podemos encender las lámparas.

Jiro frotó la yesca hasta que una chispa prendió el pabilo de la primera lámpara. Luego procedió a encender la segunda. Las lámparas titilaban y se encendían una a una, revelando una extraña escena. El magistrado asistente y los otros oficiales de policía, que habían entrado en el teatro con tal majestuosidad, habían sido despojados de sus ropas; sus pies estaban liados y tenían los brazos suspendidos sobre sus cabezas, atados por los pulgares. Sobre sus apretadas mordazas centelleaban sus ojos, retando a cualquiera a sonreír.

Yoshida se precipitó a desatar al magistrado asistente, quien sin su capa bordada y sus dos espadas lucía patéticamente corriente.

—Señor, qué cosa más terrible. Me mortifica que en mi teatro...

—Envíe a alguien a decirles a los hombres que se encuentran afuera que nos traigan ropa.

—¡Kinshi! —dijo Yoshida, pero su voz carecía de su habitual sonido metálico. Kinshi corrió hacia afuera.

—Y Yoshida —prosiguió el oficial—, yo mismo le ordeno que no se represente esta obra de nuevo. ¿Me comprende?

—Oh, sí señor. Naturalmente, nunca fue nuestra intención...

—Se ha especulado demasiado.

—Sí, señor. El bandido la ha tergiversado para sus propósitos. No la presentaremos de nuevo —Yoshida se volvió hacia Jiro, con la cabeza inclinada y una voz zalamera—. Tú, muchacho, trae un poco de vino para estos caballeros, y algunos kimonos para que puedan cubrirse mientras llega su ropa.

Jiro no se atrevió a mirar a su maestro a los ojos. Se inclinó con torpeza y se apresuró a obedecer.

Capítulo IX

VAGABUNDOS NOCTURNOS

Yoshida estaba de mal humor. Su producción más rentable en muchos años había sido suspendida por orden de las autoridades y no tenía nada preparado para reemplazarla. Colocó un aviso en la cartelera de la entrada anunciando que el teatro estaría cerrado indefinidamente. Comenzó a errar por el patio y los camerinos gritando a todo el que veía. Si alguien estaba ocioso, maldecía al cielo por la plaga de piojos que no hacían nada diferente de engordar sus horribles cuerpos bajo su cabello. Si una persona estaba ocupada, hacía saltar la escoba o la costura de sus manos de una patada y maldecía al cielo por infligirle un nido de hormigas que se agitaban para simular laboriosidad, pero que evidentemente carecían de inteligencia y de objetivos.

Jiro, quien permaneció estúpidamente inmóvil cuando la escoba saltó de sus manos de una patada, contempló fijamente al maestro de las marionetas e intentó pensar qué ocurría. O bien el hombre era un monstruo irrazonable, lo que la mayoría parecía pensar, o era otra cosa. No conseguía dejar de pensar que cada una de las actitudes del maestro titiritero era una actuación. La crueldad de Yoshida era fingida, tanto como lo habían sido sus maneras obsequiosas frente a la policía. Yoshida enfrentó la mirada de Jiro con desprecio y se dirigió hacia los camerinos del ala oriental, pidiendo a gritos ver a Okada.

Cuando regresó pocos minutos después, anunció a todos los que se encontraban al alcance de su voz, que la próxima producción sería *La batalla de Dannoura*. La asignación de los papeles se haría al día siguiente y esperaba que todos estuvieran preparados para iniciar las funciones el domingo. El Hanaza no disponía de suficiente dinero para que los empleados vagaran indefinidamente, dijo, aunque era evidente que algunos consideraban aquel forzado receso como un segundo Año Nuevo.

—¡Esto nos da exactamente un día para ensayar! —se quejó Wada.

—No te preocupes —dijo Kinshi—. No tendrás que operar los pies en esta obra. Es famoso en Osaka por la escena de 'La tortura del Koto' y no pondrá en peligro su reputación por un muchacho sin experiencia.

Wada movió hacia adelante el labio inferior haciendo un puchero.

–No espero que tenga que manejar los pies de Akoya. De todas maneras, no pienso especializarme en marionetas femeninas.

–Tendrás tu oportunidad, Wada –Kinshi le dio un golpe amistoso sobre los labios con los nudillos–. 'Incluso la nieve del Fuji llega al mar', como diría Mochida.

–Mochida no manda esta compañía –replicó Wada, lanzando una sombría mirada en dirección a Jiro. Jiro se sonrojó y rezó para que nadie pudiera leer su mente, pues su corazón le decía que era más ambicioso de lo que cualquier muchacho debiera serlo.

El Hanaza escuchó la historia a la mañana siguiente de boca del vendedor de pescado. Un destacamento de policía bajo el mando del magistrado asistente se había presentado a la puerta del prestamista Morikawa la noche anterior y había exigido que le revelara el paradero de Saburo. Tenían pruebas, había dicho el oficial, de que el papel sobre el cual estaba escrito el mensaje que Saburo había dejado en el teatro de marionetas provenía de la tienda de Morikawa. Aunque el prestamista alegó que era inocente, dos policías lo condujeron pateando y llorando a la cárcel, mientras que los otros allanaban su casa. Claro está, cuando se pusieron en contacto con el magistrado en la mañana, éste no estaba enterado de lo ocurrido. El pobre Morikawa había pasado una noche infeliz al lado de los más temibles criminales de Osaka, sólo para regresar a casa y enterarse de que los «policías» que buscaban evidencias habían limpiado sus arcas de la mejor parte de su fortuna. Únicamente el hecho de que la mitad de la ciudad le debía dinero, obligación que, naturalmente, debía ser cancelada antes del próximo Año Nuevo, le impidió ser despojado de toda su fortuna.

Saburo evidentemente había utilizado los uniformes y credenciales de los policías que él y su banda habían robado en el Hanaza la noche anterior. Incluso había conseguido engañar a los carceleros con su disfraz. Ahora los ricos afirmaban que nunca podrían volver a confiar en un policía.

Yoshida irrumpió enojado cuando el vendedor de pescado aún narraba su cuento, lo cual puso fin abruptamente a la diversión. El maestro de las marionetas clavó la nueva cartelera y regresó a su camerino, dando alaridos para que le trajeran té. Como muchacho menor, esta tarea le correspondía a Jiro, así que fue sólo más tarde cuando se enteró de que Yoshida había designado a Kawada como operario de la mano izquierda para uno de los soldados y que Kinshi se ocuparía de los pies de Akoya.

Su reacción inmediata y espontánea fue de desilusión. Había abrigado la esperanza de ser asignado, quizás, como operario de pies de Akoya, pero ahora se avergonzaba de ello. Golpeó a Kinshi en la espalda un poco más fuerte de lo que hubiera deseado.

—Felicitaciones, Kinshi. Ves, le has demostrado a Yoshida que puedes hacerlo.

—¿Crees que es eso? —la confianza que poseía Kinshi se desvanecía cuando enfrentaba una de las inescrutables acciones de su padre.

–Claro. Dejó de patearte, ¿verdad?

–No.

–No, pero cuando te relajaste y comenzaste a trabajar bien con él, lo hizo.

Kinshi tiraba nerviosamente de su nariz.

–Pero era un papel masculino. No soy tan bueno para los femeninos.

–Claro que sí. No sabes valorar tu trabajo –Kinshi sonrió.

–Estás comenzando a sonar como yo.

–¿Verdad?

–Gracias, Jiro. Traeré una marioneta de la bodega y comenzaré a practicar –Kinshi se dirigió hacia la bodega en compañía de Jiro. En la mitad del patio, Jiro vaciló. A los muchachos les estaba prohibido entrar en la bodega, aunque Kinshi con frecuencia lo hacía para «tomar prestadas» las marionetas con las que practicaban–. Oh, vamos –dijo el muchacho mayor–. No pasará nada si entras sólo esta vez.

A diferencia del resto de las edificaciones que conformaban el Hanaza, la bodega no era de madera. Sus gruesas paredes eran una mezcla de barro y estuco, lo cual la hacía virtualmente a prueba de incendio. Había un par de puertas de hierro en el costado occidental que permanecían abiertas para dejar entrar el aire en el oscuro interior del edificio por la reja de hierro de una puerta interior corrediza. Una diminuta ventana colocada encima de la puerta permitía que una astilla de luz penetrara hasta el segundo piso.

Kinshi se empinó, tomó una llave que se encon-

traba sobre el dintel de la puerta y abrió la reja lo suficiente como para que los dos muchachos se deslizaran
dentro. Cerraron tras de sí. Había otras personas en el
patio, pero todos tuvieron cuidado de no mirar la entrada subrepticia de los muchachos. Jiro comenzaba a
comprender. Todo en el Hanaza era una pieza de teatro:
no sólo lo que hacían en el escenario, sino también fuera de él. Cada persona tenía su papel, por eso, cuando
alguien como él no conocía las líneas, podía perturbar
todo el drama. Eso era lo que había hecho cuando insistió en obtener el libreto de la nueva obra. Aquél era el
papel de Kinshi y él lo había usurpado. Debía ser más
cuidadoso. La última persona en el mundo a quien deseaba ofender era a Kinshi.

Desde la puerta, Jiro podía ver a su izquierda repi-
sas llenas de cabezas de marionetas, que se difuminaban
como globos a pocos pasos de allí. A la derecha estaban
los decorados y, colgando del techo, siete u ocho marionetas completamente ensambladas. Kinshi corrió un cofre
y trepó sobre él para desatar una de las marionetas femeninas.

–Es un milagro que no se cubran de moho aquí
dentro –observó Jiro. A pesar de las puertas abiertas, el
interior de la bodega era húmedo.

–Oh, claro que sí –Kinshi paseó la marioneta
que había obtenido bajo las narices de Jiro–. No te
preocupes. Yoshida nunca dejaría aquí un disfraz va-
lioso. Estas cosas viejas no se utilizan para nada, excepto para nuestros ensayos. Los aprendices no deben advertir el mal olor.

Jiro se aventuró un poco más dentro del oscuro vientre de la habitación.

–¡Qué cantidad de cosas hay aquí! ¿Para qué sirven?

–¿Quién sabe? Yoshida nunca arroja nada a la basura.

Los ojos de Jiro se acostumbraron gradualmente a la penumbra. En la parte de atrás había una escalera que conducía al segundo piso.

–¿Qué hay allí arriba?

–El segundo piso –respondió Kinshi con impaciencia.

–Sí –Jiro vaciló, con un pie en el primer peldaño.

–Sabes que no debiéramos estar aquí.

–Sí. Está bien –Jiro siguió con reticencia al muchacho mayor fuera de la bodega; salieron al patio donde la brillante luz del sol primaveral los hizo parpadear. Había estado a punto de perder su línea en la pieza una vez más. Debía tener más cuidado.

Jiro no tuvo tiempo para ayudarle a su amigo a ensayar; sin embargo, mientras trabajaba con los otros muchachos en reparar y pintar de nuevo los viejos decorados, su mente permanecía en el camerino con Kinshi. Deseaba que a su amigo le fuera bien. Naturalmente, eso era lo que más deseaba en el mundo. Pero a Kinshi en realidad no le agradaban los papeles femeninos, y tampoco sentía que fuera bueno para ellos, mientras que Jiro... Intentaba reprimir sus pensamientos desleales, sepultarlos dentro de sí mismo. Realmente, se juraba para sí, que lo que más deseaba, más que nada en el mundo, era que Kinshi le demostrara a Yoshida su habilidad y valor como titiritero. Habría otras oportunidades para Jiro. Era el más joven de todos los muchachos y no sería justo de parte de Yoshida promoverlo con mayor rapidez. No obstante, allí estaba. La ambición, aflorando a la superficie como una lombriz después de la lluvia.

Durante la cena le preguntó a Kinshi con toda sinceridad:

–¿Cómo van las cosas? –y Kinshi respondió entre dientes:

–Terrible –Jiro experimentó un pequeño placer en su traicionero corazón.

–Tú puedes hacerlo –le dijo, pero su voz debió sonar extraña porque Kinshi lo miró perplejo, antes de agradecer el ánimo que le daba.

Después de la cena, Kinshi se marchó a practicar con Yoshida y Kawada. Jiro y los otros muchachos se encontraban en el camerino. Mochida les había asignado el agotador trabajo de descoser todos los disfraces que habían sido utilizados para *El ladrón del Tokaido*. Después de descoser cada prenda, era preciso lavarla cuidadosamente y ponerla a secar; luego tenían que coser todo de nuevo. Jiro había hecho este trabajo en casa: coser y descoser los trajes de las marionetas. Ahora, inclinado sobre su tediosa labor, le parecía escuchar constantemente la voz de su madre en sus oídos: «¡No! ¡Ya es demasiado tarde! ¡Mira lo que has hecho! ¡Estúpido! Lo arruinarás todo». Con cada puntada sus nervios se alteraban más hasta que se sintió como un nabo en un rallo.

«Oh, ¡demonios!», susurró. «¿Cómo podría alguien ver lo suficiente como para cortar estas fastidiosas puntaditas a esa hora de la noche?»

Wada lo miró.

—Quizás si el resto de nosotros aplaudimos, hallarás la labor más agradable.

—Oh, calla, Wada.

Wada se incorporó.

—¿Qué quieres decir con eso? Siempre pareces olvidar, Jiro, que soy mayor que tú.

—Lo siento —murmuró Jiro—. No era mi intención ofenderte.

—S-s-s-siéntate, Wada —dijo Teiji suavemente—. ¿No ves que está preocupado por Kinshi? —y señaló con la cabeza el teatro.

Todos permanecieron en silencio concentrados en los ruidos que llegaban por el pasillo. Lo único que podían escuchar era una voz que recitaba la escena de *La tortura del Koto*. Se esforzaban por oír gruñidos o gritos, indicaciones del enojo de Yoshida, pero no escuchaban nada. El ensayo parecía desarrollarse sin tropiezos.

—V-v-v-ves, puedes relajarte, Jiro. Kinshi lo está haciendo bien.

Jiro intentó sonreír. El rostro infantil de Teiji lucía tan sincero y su preocupación por Kinshi tan pura, desprovista de todo egoísmo y ambición. Jiro asintió e inclinó la cabeza sobre su labor. No deseaba que Teiji leyera su expresión y hallara en ella algo indigno.

—¿Qué es eso? —todos los muchachos se pusieron de pie sobresaltados al escuchar el ruido.

–Piedras –respondió Jiro–. Probablemente, los vagos están lanzando piedras contra el edificio –se volvió hacia Wada–. ¿Qué debemos hacer?

–¿Qué debemos hacer? –gritó Wada ante la lluvia de piedras–. ¿Cómo habría de saberlo? Kinshi se encuentra allí arriba cerca de la puerta. Yoshida también. Ambos están ahí.

–Pero el muchacho mayor está aquí.

Wada miró a Jiro a los ojos.

–¿Tratas de burlarte de mí?

–No. ¿Deseas que vaya a la puerta y mire qué ocurre?

La edificación tembló bajo el segundo asalto de piedras.

–Sí –respondió Wada tenso–. Diles que se marchen.

Mientras avanzaba por el pasillo, Jiro no se sentía tan valiente como se había mostrado frente a Wada, así que agradeció a Teiji que hubiera salido con él de la habitación. En el teatro, la recitación proseguía como si ninguna otra cosa tuviera importancia.

–Sólo abriré una rendija. Permanece a mi lado, Teiji, en caso de que debamos cerrarla de inmediato.

Jiro levantó el cerrojo haciendo el menor ruido posible y abrió la puerta sólo lo suficiente como para echar una ojeada a la callejuela. Se encontraba llena de gente. Algunas personas llevaban antorchas.

–Esta bien, otra vez –se escuchó una voz entre la multitud–. Veamos si ahora nos escuchan –la turba comenzó a lanzar piedras, algunas de las cuales rebotaban con fuerza contra las paredes de madera y caían de nuevo sobre la chusma. Había gritos y quejas de quienes las recibían.

–Callen –ordenó la voz de quien los dirigía–. Ahora todos juntos. Llamen a Yoshida.

–Escuchen –dijo alguien–, la puerta está abierta–, todos se volvieron y comenzaron a avanzar hacia la puerta. Jiro y Teiji la cerraron de un golpe y corrieron el cerrojo. Se reclinaron sobre ella, sin aliento por el susto, como si hubieran corrido largo rato.

–¿Qué haremos a-a-a-ahora?

–No lo sé, tú eres mayor que yo.

–Oh, Jiro –rió Teiji–. ¿Yo?

Los vagos golpeaban la puerta. Gritaban:

–¡Yoshida! ¡Yoshida!

–Q-q-q-quizás debiéramos llamar a Yoshida.

Desde la parte de atrás del escenario escuchaban la recitación que continuaba, aunque ahogada por los gritos provenientes del exterior. Los muchachos vacilaron.

Jiro tragó saliva.

–¿Quieres que yo se lo diga?

–Oh, ¿lo harías? O-o-o-odia la forma como tartamudeo.

Jiro corrió el telón y se reclinó contra la pared, desde donde podía contemplar el escenario. Si alguno de los titiriteros había advertido su presencia, ninguno dio muestras de ello. No llevaba su caperuza, pero los ojos de Yoshida ocultaban la expresión de su rostro. Jiro no podía ver a Kinshi, pues delante de él estaba la marioneta y él se hallaba inclinado al otro lado de Yoshida quien, sobre sus zancos, se elevaba por sobre todos sus asistentes. La marioneta Akoya tocaba el koto. Un escalofrío recorrió el cuerpo de Jiro. Yoshida era realmente un maestro. Todos ellos lo eran. La primera vez que había contemplado esta escena había pensado que era maravillosa, pero a la manera de un niño que juzga algo que no puede comprender. Ahora sabía, ahora la sangre se agolpaba en su brazo y podía sentir sus propios dedos y su muñeca moviéndose al unísono con los de los titiriteros. Mentalmente cambió de posición, de Yoshida a Mochida a su izquierda y luego a Kinshi, inmóvil, sosteniendo las rodillas de la marioneta exactamente en la misma posición mientras duraba el tenso concierto. Kinshi lo estaba haciendo bien. Podía sentirlo por la completa confianza con que Yoshida y Mochida efectuaban sus propios movimientos. «Me alegro», pensó Jiro para sus adentros. «Se lo merece. Ya llegará mi oportunidad», intentó consolarse.

El ruido proveniente de la callejuela era cada vez más fuerte. De improviso, Teiji estaba a su lado.

—P-p-p-podrían echar la puerta abajo.

Jiro levantó la mano. Sacudió la cabeza. Sería mejor que echaran abajo la puerta a interrumpir innecesariamente el ensayo.

Durante el resto de la escena, la recitación y el samisen se hallaban casi ahogados por los gritos y golpes provenientes de la callejuela. Las personas que se encontraban en el escenario estaban completamente concentradas en su trabajo. Atrajeron a Jiro a su círculo mágico. Incluso se hubiera olvidado por entero de los vagos a no ser por Teiji, quien corría distraídamente del escenario a la puerta como un pez dorado que hubiera visto un gato a cada lado de su pequeño estanque.

Cuando la última nota del samisen se perdió en el aire, los titiriteros permanecieron en sus posiciones algunos segundos y luego se relajaron. En aquel momento, Teiji corrió hacia el escenario.

–M-m-m-maestro –la tartamudez lo sobrecogió de tal manera que sólo atinaba a indicar con la cabeza hacia la puerta.

–¿Quiénes son? –preguntó Yoshida.

El cuerpo de Teiji se puso tenso. Las venas de su cuello se hincharon.

–V-v-v-v –luchaba por decir la palabra que no salía.

–Vagabundos nocturnos –intervino Jiro.

Yoshida se volvió hacia él.

–¿Y? ¿Qué quieren de mí?

–No lo sé, señor –Jiro bajó los ojos–. No preguntamos. Pensamos que deberíamos hablar con usted primero.

–¡Bien, pregunten! –gritó Yoshida.

Jiro se precipitó hacia la puerta con Teiji a sus talones. Teiji inclinaba la cabeza como para decir «Tú hablarás. Sabes que yo no puedo hacerlo». Sin abrir la puerta, Jiro gritó tan alto como pudo:

–¡Yoshida desea saber qué quieren de él!

Los golpes y gritos cesaron abruptamente. La voz que Jiro reconoció como la del líder replicó:

–Queremos comida. Dile a Yoshida que nos dé arroz y nos marcharemos.

Los muchachos regresaron corriendo al escenario.

–Desean arroz, señor.

–Ya los escuché –Yoshida estaba poniendo los instrumentos en miniatura que utilizaba la marioneta dentro de sus estuches y luego se los entregaba a Mochida y a Kinshi para que los guardaran. Jiro esperó a que dijera algo más, pero no lo hizo.

–¿Entonces, señor?

–Entonces ¿qué? –Yoshida se volvió con impaciencia hacia Jiro.

–Entonces... –ahora comprendía por qué Teiji tartamudeaba–. Entonces, ¿qué debo decirles?

–Nada.

–¿Nada?

–¡Nada! –Yoshida rugió la palabra sobre su rostro. Jiro retrocedió y casi hace caer a Teiji al suelo.

–¿Crees que voy a permitir que una banda de mendigos ladrones me intimide?

–Tienen hambre, Yoshida –Kinshi habló en voz baja, pero no había temor en su voz–. Tenemos suficiente. ¿Por qué no les das un poco?

Yoshida se volvió, golpeando el suelo de madera con sus zuecos.

–¡Tonto sentimental! ¿Qué crees que sucedería si esta noche le doy arroz a una turba de forajidos que golpean a mi puerta? ¿Cuándo terminaríamos? Toda la ciudad, el país entero, tiene hambre –volvió la espalda a Jiro y a Teiji–. Tomen los mazos de la cocina, aquéllos con los cuales batimos el arroz para el Año Nuevo. Si alguien consigue pasar la puerta, ustedes se encargarán de que no llegue más allá.

Kinshi abrió la boca como si se dispusiera a hablar, pero Yoshida hizo a Mochida a un lado y se dirigió a su camerino.

–Vete a la cama, Kinshi –Mochida habló por primera vez–. Los muchachos se harán cargo de todo.

Kinshi vaciló.

–V–v–v–vamos. Tú debes actuar mañana. T–tt–trae los mazos, Jiro.

Los dos muchachos permanecieron toda la noche al lado de la puerta, con los mazos en la mano. A medida que transcurría el tiempo, Jiro sentía frío y se hallaba indispuesto por la falta de sueño. Los vagos continuaron con sus disturbios, pero la puerta era fuerte; algunas veces se angustiaron al pensar que nada detendría los golpes, pero el grueso pino resistió y no cedió.

Cerca del amanecer, Jiro se sentía enfermo de escuchar y aguardar. Odiaba a todo el mundo: a los vagos por quitarle el sueño, a Yoshida por negarse a hablar con ellos, a Kinshi por apiadarse de brutos como éstos, incluso al pobre Teiji que permanecía frente a él, en silencio y sin quejarse.

Por el pasillo escuchó a alguien. Probablemente a Mochida que abría de un golpe los postigos. Debía de ser temprano en la mañana. Jiro se incorporó y casi cae al suelo. Sus piernas estaban dormidas. Había sido una noche terrible, pero afortunadamente había terminado. Los golpes habían cesado y los vagos hablaban entre sí. Cada cierto tiempo se escuchaba un insulto a la distancia por la callejuela. Debían haberse dispersado. Jiro le hizo una seña a Teiji. Teiji se incorporó, se estiró y bostezó. Todo había terminado.

De repente, una dura voz femenina cortó el murmullo que se escuchaba en la boca de la callejuela.

–¡Yoshida! ¡Ojalá pases la eternidad como operario de pies del demonio! –la maldición fue recibida por un coro de roncas risotadas.

Jiro se reclinó contra la puerta. Isako. ¿Qué hacía allí afuera con ellos? ¿Debería abrir la puerta y hablarle antes de que los vagos advirtieran la ranura y se precipitaran por ella?

Teiji lo contemplaba fijamente.

Ya no podía escuchar sus voces. Los vagos habían abandonado la callejuela. Isako se habría marchado a casa. Seguramente estaría en Dotombori en este momento. Además, ¿qué podría hacer si la alcanzaba? No tenía nada que ofrecerle. Jiro miró el mazo que había sostenido en la mano toda la noche. ¿Qué hubiera sucedido si los vagos hubieran conseguido echar abajo la puerta? ¿La habría matado?

Durante un momento pensó que se iba a enfermar, pero la náusea pasó.

–A-a-a-amaneció –dijo Teiji–. Encendamos el f-f-f-fuego.

–Sí –dijo Jiro–. Sí, vamos.

Capítulo X

ANSIEDADES

Jiro se sintió enfermo todo el día. Tomó un poco de sopa al desayuno, pero temía devolverla, así que salió corriendo al patio.

–¿Qué sucede? –Kinshi lo había seguido.

–No es nada. Mi estómago. Anoche no dormí. –Le pediré a mi madre que te prepare una papilla de arroz. Eso te aliviará.

–No, no te preocupes. No deseo comer nada.

Kinshi asintió.

–Sabía que te sentirías como yo.

–¿Qué quieres decir?

–Está mal hecho. Es un crimen que tengamos comida y nos neguemos a compartirla con aquellos pobres miserables que se mueren de hambre.

—Entonces tú...

—¿Sabes qué quisiera hacer?

—¿Qué?

—Desearía unirme a Saburo. El único problema es que sus redadas hacen mucho escándalo, pero en realidad no consiguen nada. Es como lanzar una aljaba de flechas al mar. Si yo fuera uno de sus hombres, lo convencería de organizar a todos esos vagos nocturnos, a toda la gente con hambre en la ciudad, en una especie de ejército. Podría planear sus batallas... —Kinshi levantó la vista—. Claro está, habría otro problema.

—¿Cuál?

Kinshi se encogió de hombros.

—No sabría dónde comenzar a buscar a Saburo.

—No —respondió Jiro, mientras su estómago se retorcía más que antes—. Quizás debiera probar un poco de esa papilla.

—Oh, seguro. Regresa y acuéstate. Puedes descansar algunos minutos antes de comenzar la limpieza del desayuno. Me daré prisa.

Jiro se encontraba ya barriendo el escenario cuando Kinshi le entregó el tazón con los palillos, mientras sonreía para excusarse por la tardanza. Jiro se desayunó allí mismo donde estaba. Se sentía trastornado por el hambre y la falta de sueño, y la blanda papilla le sentó bien. Kinshi era bueno. Obstinado e irrazonable, pero siempre bueno. ¿Qué hubiera ocurrido si le hubiera correspondido a Kinshi vigilar la puerta la noche anterior?

Probablemente hubiera dejado entrar de inmediato a aquellos asesinos. Jiro imaginaba a los vagos nocturnos arrasando el Hanaza como hormigas sobre una babosa muerta. Por una vez, Yoshida había tenido razón. No hay manera de ayudar a la gente una vez que ha llegado al límite de la bestialidad. No queda más camino que protegerse uno mismo. En su mente había levantado el mazo para aplastar a toda la apestosa chusma, cuando uno de ellos se volvió y lo miró de frente. «Oh, madre, no era a ti a quien me refería. Vete a casa», rogó. «Y permanece allí. Encontraré la manera de ayudarte. Lo juro. Lo haré». Comenzó a barrer con furia, mientras gruesas lágrimas rodaban por sus mejillas.

El estreno de *La batalla de Dannoura* fue un éxito, a pesar de que Jiro no lo advirtió. Contemplaba el escenario como si se hallara bajo una cascada. Apenas podía ver lo que sucedía; desempeñaba sus deberes entre bastidores como si un gran peso paralizara sus miembros. Escuchaba un ruido en los oídos que casi ahogaba la recitación.

Después cayó sobre su cobertor sin siquiera desvestirse. Vagamente notaba que Kinshi intentaba hablarle, pero no conseguía hacer el esfuerzo por escucharlo. Sólo murmuró:

—Lo hiciste bien, muy bien, bien... —y volvió el rostro hacia la pared.

Despertó sobresaltado. No podía ser el amanecer. Estaba demasiado fatigado, pero alguien estaba levantado y se movía por la habitación.

–¿Quién es?

–Shh, Jiro. Está bien. Soy yo, Kinshi. Duerme.

–¿Qué haces levantado?

–Está bien, sólo duerme.

Otras preguntas flotaban en la mente de Jiro, pero estaba demasiado cansado para formularlas. Kinshi le había ordenado que durmiera. Y le obedecía agradecido.

Cuando Mochida abrió los postigos, Jiro abrió de inmediato los ojos y se volvió hacia la izquierda. Para alivio suyo, el cuerpo de Kinshi yacía allí enroscado bajo el cobertor. Dobló y guardó su propio cobertor y luego se dirigió a él y lo sacudió por el hombro.

–No –gimió el muchacho mayor–. Déjame en paz –se volvió y puso las rodillas contra la barbilla, cerrando los ojos.

–A quien madruga, le llegan las siete ventajas –cantaba alegremente Mochida.

Kinshi se deshizo del cobertor con un suspiro.

–Las cambiaría gustoso por siete horas más de sueño –se incorporó, frotándose el rostro con las manos. «Se ve horrible, como me sentía yo ayer», pensó Jiro.

–Maestro Jiro –al sonido de la suave voz de Mochida, Jiro asintió y corrió al patio a ayudar a Teiji con el fuego.

Mientras trabajaba, luchaba con dos problemas. Primero, cómo hacer llegar un mensaje a su madre para que no saliera a la calle y, segundo, cómo descubrir qué travesura planeaba Kinshi. Pero había un tercer problema, más difícil que los otros dos. De alguna manera, debía enviar comida y dinero a su madre. Si estaba tan desesperada que se había unido a los vagos nocturnos, no era probable que permaneciera mansamente en casa muriendo de hambre porque él se lo dijera. ¿A quién podría pedir ayuda? Sólo a Kinshi y Kinshi ya había robado para él. Además, apenas se atrevía a expresar aquella sensación en palabras, incluso para sí; si ponía a Kinshi en aprietos, ¿quién lo reemplazaría como operario de pies para Akoya? Él mismo podría beneficiarse de la desgracia de Kinshi. En manera alguna podía ser la causa de ella. Pero ¿qué podía hacer? Su madre se moría de hambre; en cuanto a su padre...

Tomó un abanico de la cocina para avivar los obstinados carbones. Tendría que pensar en algo. Quizás acudiría directamente a Yoshida. Esta idea le produjo un escalofrío en todo el cuerpo. Quizás a Okada; había mencionado algo acerca de la enfermedad y hambruna en el país. Ciertamente, era posible aproximarse a aquel rostro bondadoso y ciego para pedir ayuda para su propia madre. Kinshi había dicho alguna vez que Okada era sentimental. ¿Qué podría conmover más el corazón de un anciano sentimental que el ruego de un hijo por su pobre madre? Sin embargo, la costumbre era un cruel dictador: Jiro le debía dos favores a Okada. El invidente recitador había obtenido un lugar para él en el Hanaza y luego le había dado el libreto de *El ladrón del Tokaido* cuando Jiro se lo había pedido. No, su deuda con Okada ya era muy grande. No podía aumentarla. Si hubiera algún modo de congraciarse con Yoshida, sin poner en peligro la posición de Kinshi, claro está, algún modo de que Yoshida estuviera obligado con él, al menos para que Jiro pudiera recurrir al titiritero. Era insoportable sentirse en deuda con tantas personas y que nadie estuviera obligado con él.

Aquel día no tuvo más tiempo para pensar. Mochida les ordenó colocar los decorados y cuando todo estuvo preparado para la función, envió de nuevo a los muchachos a trabajar en el vestuario. Habían estado demasiado ocupados el día anterior para terminar esta tarea y la metódica mente de Mochida se afligía al ver labores inconclusas.

Kinshi había alegado que debía ensayar, pero en cuanto llegaron al camerino susurró:

–Perdonen, pero si no tomo una siesta, no podré terminar el día –trepó a la alacena sobre la pila de cobertores y cerró la puerta tras de sí.

–Espero que no esté enfermo –la voz de Wada expresaba preocupación.

–Espero que no –replicó Jiro, pero mantuvo los ojos fijos en la costura que deshacía.

A los pocos minutos, el ruido de los ronquidos atravesaba la delgada puerta de la alacena. La habitación se hallaba en silencio.

Súbitamente, Mochida apareció en la puerta.

–¿Han visto a Kinshi? Yoshida desea ensayar para la función.

Jiro saltó y corrió a la puerta en tanto que los otros muchachos conversaban en voz alta para cubrir los sonidos delatores.

Media hora antes de la función, sacaron a Kinshi a rastras de la alacena. Luchó hasta el último momento, pero Teiji finalmente consiguió despertarlo haciéndole cosquillas en las plantas de los pies.

–¡Demonios! ¡Detente! ¡Sabes que no lo soporto!

–Shhh –dijo Jiro–. Debes levantarte. Debes estar en el escenario en menos de una hora.

Todos le ayudaron a ponerse su kimono negro, buscaron las sandalias y la caperuza; luego se apresuraron a cumplir con sus propios deberes. Jiro se encontraba al lado izquierdo del telón contemplando el público, tan absorto en sus propias preocupaciones que tardó algunos momentos en advertir lo que ocurría en la escena. De repente observó cuál era el problema. Apenas había unas pocas personas. Máximo diez. Cinco de las cuales podía identificar como los espías de la policía que aparecían en toda reunión pública. Dos de los restantes eran tan ancianos que se habían quedado dormidos en sus sitios.

Alarmado, se dirigió al camerino de Mochida. El operario de la mano izquierda se hallaba en el umbral, preparándose para salir a escena.

–No hay casi nadie.

Mochida suspiró.

–Me preguntaba si habría alguien después de lo ocurrido anoche.

–¿Anoche?

–Una banda de vagos atacó el mercado de arroz de Takauchi. Robaron cuanto pudieron llevar y luego prendieron fuego al edificio – tomó su caperuza–. Probablemente todos los mercaderes están montando guardia en sus propiedades —se colocó la caperuza, ajustándola un poco.

—Vamos. Yoshida proseguirá con la función así haya solamente una cucaracha en la audiencia.

—Una cucaracha que pague —susurró en voz baja Jiro, mientras regresaba a su lugar.

Como Mochida lo había predicho, la función se desarrolló como de costumbre.

La tortura del Koto fue bella y cuidadosamente ejecutada para diez personas. La mitad de las cuales vigilaba a la otra mitad. A pesar de la falta de sueño de la noche anterior, Kinshi actuó bien; Jiro estaba alegre y aliviado.

Una vez que hubieron despertado a los dos ancianos y ordenado el teatro, Jiro llevó a Kinshi a un lado.

—No salgas esta noche, por favor.

En el patio ya estaba oscureciendo, así que no podía observar la expresión de Kinshi; el tono de su voz, sin embargo, expresaba inocencia.

—¿Qué quieres decir con eso?

—Oh, vamos, Kinshi. Anoche saliste cuando todos estaban dormidos.

—Oh, eso —su réplica era ligera.

—Sí, eso —esperó a que Kinshi añadiera algo más, pero no lo hizo. De repente, todo el afecto que sentía por Kinshi surgió y borró la alocada mezcla de sentimientos que había experimentado en los últimos días—. Oh, Kinshi, no vale la pena. Si Yoshida no te atrapa, lo harán las autoridades.

—Tengo amigos —el muchacho respondió con frialdad.

—Conozco a tus amigos. Son una banda de asesinos. Casi me matan... —su voz se extinguió. Nunca le había dicho a Kinshi lo ocurrido la noche de Año Nuevo.

—Te preocupas demasiado, hermanito. Estaré bien.

—Entonces permíteme acompañarte esta noche.

—No. Para ser sincero, no creo que tengas estómago para eso —Kinshi presionó ligeramente el estómago de Jiro para suavizar sus palabras.

—Kinshi, debo decirte algo.

—¿Sí?

—Mi madre. ¿La recuerdas?

—Sí.

—Está con ellos.

—¿Qué quieres decir?

—Con los vagos. Pertenece a su banda.

—¿Cómo puedes asegurar tal cosa?

—La escuché. Escuché su voz cuando montaba guardia anteanoche.

—¿Escuchaste su voz? —preguntó Kinshi—. ¿Quieres decir que tu madre se encontraba allí afuera y no le permitiste entrar?

¿Qué podía decir? Cuando Kinshi redujo los terribles hechos de aquella noche a aquella pregunta, Jiro se paralizó de vergüenza. Le había fallado a su madre. Era así de sencillo y de terrible.

—Por eso deseo ir contigo esta noche —dijo finalmente con voz débil—. Debo encontrarla, ayudarle si no es demasiado tarde.

—No —la respuesta fue inmediata y cortante. Luego, con mayor suavidad, añadió—. Tú debes encubrirme aquí —lo golpeó levemente en el hombro—. Necesito tu ayuda aquí. Yo la encontraré.

—No confías en mí, ¿verdad?

Kinshi permaneció en silencio un momento. Luego dijo:

—Quizás en otra ocasión...

Todavía estaba despierto, cuando Kinshi se deslizó de su cobertor y salió de puntillas del Hanaza. Jiro se volvía una y otra vez, golpeando su cabeza contra la dura almohada, como si intentara borrar la voz de su madre y la visión de su delgado y famélico rostro.

Capítulo XI

LA PRUEBA
EN LA BODEGA

Jiro estaba decidido a no dormir, pero su cuerpo, todavía fatigado por la vigilia de la noche anterior, lo traicionó. Cuando despertó, Mochida abría ya los postigos dejando entrar la brillante mañana de primavera en la habitación.

A quienes madrugan... –el proverbio matutino de Mochida resonaba inconcluso en el aire–. ¿Dónde está Yoshida Kinshi? –preguntó en lugar de terminar.

Jiro miró el cobertor vacío. Sentía como si su cuerpo se hubiera convertido en una cuajada de fríjol fría. Abrió su boca reseca.

–N-no podía dormir y salió a caminar.

Me dijo que regresaría en un momento –la explicación sonaba tan artificial que Jiro no podía creer que Mochida la aceptaría.

Sin embargo, lo único que dijo fue:

Es un estúpido. ¿No sabe cuán peligroso es andar por las calles? –luego se volvió y abandonó la habitación.

Wada, Minoru y Teiji lo miraban fijamente; Jiro se incorporó de un salto, dobló y guardó sus cobertores y los de Kinshi. Luego, salió corriendo de la habitación y llamó:

Vamos, Teiji. Llegaremos tarde para encender el fuego.

Las manos le temblaban de tal forma que resultaba difícil obtener una chispa de la yesca. Al fin consiguió encenderla y Jiro comenzó a soplar los carbones. Físicamente se hallaba ocupado en sus quehaceres, pero mentalmente salía por la puerta del Hanaza hacia Dotombori, buscando a Kinshi por las calles. ¿Dónde estaría aquel tonto obstinado? ¿El valiente y apuesto muchacho? Hacia el norte, cerca del río, contempló un cuerpo tendido en las sucias aguas. No, no, no podía ser Kinshi. Corrió hacia el sur y tropezó con un cuerpo en la calle. Tampoco era Kinshi. Kinshi estaba vivo y se hallaba bien. Kinshi se reiría de su angustia. Kinshi...

Yoshida desea verte –Wada se hallaba a su lado–. Yo me ocuparé del fuego.

Jiro se inclinó levemente, limpiando sus negras manos sobre la túnica. Humedeció sus partidos labios. ¿Qué podría hacer?

Yoshida estaba sentado con las piernas cruzadas detrás de la mesa en el camerino. Jiro cayó de rodillas en la puerta e inclinó su frente sobre la estera. En aquella posición no estaría obligado a mirar al maestro a la cara.

–Ah, buenos días.

Desde su posición en el suelo, Jiro evaluó rápidamente el tono de la voz, situándolo aproximadamente en la mitad del enojo de Yoshida.

–Buenos días, señor –murmuró con la cabeza pegada todavía a la estera–. Espero que goce de buena salud.

–Mi salud está mejor que mi humor.

Jiro registró inmediatamente un tono más alto de ira. Sentía que el dibujo de la estera tejida se clavaba en su frente, mientras revisaba su corta experiencia buscando algún tipo de respuesta cortés a la sardónica observación. Como no halló ninguna, permaneció en silencio.

–Debes saber que envié por Yoshida Kinshi para ensayar y me dijeron que se había desvanecido en el aire.

–Sí –dijo Jiro. Parecía una respuesta segura, neutral.

–¿Supongo que no tienes idea de su paradero?

–No, señor –Jiro clavó aún más la frente; hubiera deseado abrir un hueco y hundirse en él.

–La amañada estupidez de ustedes, muchachos, haría perder la paciencia al mismo Buda.

–Sí, señor –respondió Jiro mansamente.

–¡Y yo no soy Buda!

–No, señor.

–¿Quieres levantar la cabeza del suelo antes de que eche raíces?

–Sí, señor –Jiro levantó obedientemente la cabeza una pulgada. Pero no se atrevió a levantar los ojos.

–Ven acá.

Jiro se deslizó de rodillas sobre el suelo, con la cabeza baja, hasta que se encontró a dos pasos de la mesa.

Yoshida tiró con fuerza algo sobre ella.

–¿Reconoces esto?

Jiro levantó los ojos apenas lo suficiente para contemplar el libreto de *La batalla de Dannoura*.

–Sí, señor.

–Regresa en una hora, preparado para operar los pies de Akoya. Ensayaremos antes del desayuno.

Por primera vez, Jiro levantó la vista y miró de frente al titiritero.

–Señor, no puedo hacer eso.

–Puedes hacer lo que yo te ordene que hagas.

La cabeza de Jiro se clavó de nuevo en la estera. Su corazón latía con fuerza.

–Sí, señor –murmuró. Tomó el libreto de la mesa. Akoya –el papel que había hecho famoso a Yoshida en todo Osaka– y él, Jiro, manipularía los pies. Pero Kinshi... ¿Qué le ocurriría a Kinshi? Después de todo, Kinshi había salido a buscar a la madre de Jiro, al menos era uno de sus motivos...

–Debo explicarle, señor, acerca de Kinshi...

Yoshida golpeó la mesa con el puño.

–¡Kinshi dará sus propias explicaciones! ¡Vete a trabajar antes de que pierda la paciencia!

Jiro se incorporó y salió corriendo de la habitación. Atravesó el patio y, sin molestarse en simular, tomó la llave de la bodega y entró. Corrió un barril y desató la cuerda que sostenía una de las marionetas femeninas. Aquél había sido siempre el papel de Kinshi: conseguía los libretos, conseguía las marionetas para los ensayos. Oh, Kinshi ¿dónde estás? Sin embargo allí estaba Jiro, quien no sólo había entrado osadamente en la bodega a buscar la marioneta, sino que también había robado el papel de Kinshi en el escenario. Los otros muchachos lo odiarían por ello. Y Kinshi... Jiro temía regresar al camerino. Todos estarían enterados de lo sucedido; de que Yoshida le había dado el papel de Kinshi. Lo considerarían un traidor. ¿No pensaba él mismo que lo era?

Sin embargo, no era su culpa. Había intentado explicárselo a Yoshida. Pero Yoshida nunca admitía explicaciones. Todos lo sabían. Entonces, ¿cómo podrían culparlo? No obstante, lo harían. Indudablemente sabía cuál sería la expresión de sus rostros. Y Kinshi... si algún día regresaba. No soportaba pensar en ello. No ensayaría en el camerino, no se expondría a su odio, a alimentar su propia culpabilidad, sus propias ansiedades. Pero ¿dónde podía ocultarse?

Bajó del barril. Claro. El único lugar donde nadie lo buscaría. En el segundo piso de la bodega. Estaba prohibido entrar allí; mientras regresara a tiempo para el ensayo con Yoshida, Yoshida no enviaría a buscarlo.

Verificó la reja con cuidado. Estaba cerrada. Colocó el barril de nuevo en su sitio y avanzó hacia las oscuras entrañas de la bodega. La escalera del fondo se hallaba en la más completa oscuridad, pero llegó arriba tanteando. Para ver lo que hacía, debía aproximarse tanto como fuera posible a la diminuta ventana. Dejaba pasar apenas una ranura de luz.

Había un estrecho pasillo que conducía a la ventana, pero el resto del segundo piso estaba cubierto por enormes baúles y arcones. En un principio se preguntó si habría suficiente espacio para ensayar, pero había un pequeño lugar cerca de la ventana, de un metro por medio metro aproximadamente. No era lo que hubiera deseado, pero no tenía opción. Las vigas se hallaban cerca del suelo. Podría colgar la marioneta en una de ellas. Con un suspiro, asió el dobladillo del kimono y comenzó a practicar con los pies de Akoya la escena de *La tortura del Koto*. No necesitaba el libreto que le había dado Yoshida. ¡Qué ironía! Cuando necesitaban los libretos, se veían obligados a robarlos; pero una vez que habían memorizado con dificultad las piezas, Yoshida con gran escándalo se los entregaba. Jiro sabía instintivamente cuáles serían los problemas que se presentarían con Akoya: el caminado, los giros, los lugares donde debía aparecer sentada. Para el operario de pies, éstos eran tan cruciales como el manejo de los instrumentos para los otros operarios. Repitió una y otra vez las partes difíciles. Hubiera deseado tener un espejo, pero comenzaba a confiar en su propio sentido del movimiento. Temía permanecer allí demasiado tiempo, pues

Yoshida podría estar buscándolo. Quizás podría esperar al maestro en el teatro... Miró hacia el patio. Sí, allí estaba Teiji; se dirigía al camerino de los muchachos. Se encontrarían allí practicando hasta la hora del desayuno.

Se empinó para desatar la marioneta. Estaba contemplando a Teiji por la ventana y pensando en comer en lugar de prestar atención a lo que estaba haciendo; su mano tanteaba buscando el nudo. Pero sintió algo relativamente duro. Puso los dedos a su alrededor. Era liso y tenía la forma de un tubo aplastado. Con una leve curiosidad lo bajó de la viga para mirar qué era. Para su sorpresa, se encontró sosteniendo una espada de samurai en su funda. Naturalmente, no había ningún samurai en la compañía de marionetas, aunque algunos de los hombres, como Yoshida, eran hijos de samurais que habían perdido su posición debido a la muerte o desgracia de sus amos. Los verdaderos samurais pertenecían a una casta social superior y no se hallaban en el elenco de los teatros ni entre los comerciantes. Vivían de los estipendios del gobierno, lo cual significaba que en aquellos años de hambruna no vivían muy bien.

Pero ¿por qué tenía Yoshida una espada de samurai? Jiro la llevó a la pequeña ventana para examinarla a la luz. Había un emblema en la funda, una garza con las alas desplegadas. ¿Dónde había visto aquel emblema antes? Un escalofrío recorrió su cuerpo. Las imágenes se agolpaban en su mente. La cesta que había visto en casa de Yoshida. La noche en que Yoshida había salvado su vida cuando se suponía que estaba enfermo en casa. El extraño comportamiento del titiritero ante los oficiales de policía. Y allí estaba aquella espada, sí, la espada robada al magistrado asistente, la espada que había utilizado Saburo.

Se apresuró a colocarla de nuevo sobre la viga. ¿Qué otras pruebas se ocultarían en la oscuridad de la bodega? No importaba. Con la sola espada obtendría una recompensa de mil ryos. Era una prueba incontrovertible de la culpabilidad de Yoshida. Se sentía afiebrado. Con esa cantidad de dinero sus padres podrían vivir cómodamente durante muchos años.

Imaginaba cómo saldría del Hanaza y se presentaría ante el magistrado asistente y ante el alguacil.

«Conozco la verdadera identidad de Saburo» veía cómo el oficial –ya debía tener una nueva espada– marchaba con sus hombres hacia la entrada del teatro e irrumpía en el camerino de Yoshida sin retirar siquiera sus zuecos. Tomaría al titiritero por el cuello y lo arrastraría. Espera. ¿Quién estaría con ellos para señalarlo con un dedo acusador? ¿Quién treparía las escaleras de la bodega para enseñarles el lugar donde estaba oculta la espada? ¿Quién traicionaría no sólo a Yoshida, sino a todo el Hanaza? ¿Y qué sucedería con Kinshi? Como hijo de un criminal, podría ser decapitado también.

Jiro se sentó. No podría reclamar la recompensa. No importaba lo que dijera su madre. No estaba tan desesperado ni era tan ambicioso como para delatar a Yoshida ante las autoridades. Sencillamente, tendría que cargar con su secreto como con una deuda imposible de recuperar, como la carga inútil que era en realidad.

Se incorporó de un salto. El sol estaba alto en el cielo. Si llegaba tarde, Yoshida lo mataría. Sonrió con ironía. No podía esperar que Yoshida apreciara el hecho de que había decidido salvarle la vida.

El ensayo se desarrolló tan bien como era de esperar. En una ocasión la mente de Jiro erró hacia las vigas de la bodega y luego hacia las calles en busca de Kinshi, pero una rápida patada de Yoshida lo hizo regresar de inmediato con todos sus sentidos al escenario del Hanaza. Concentración. Éste era el secreto de las marionetas y Jiro ya se había convertido en un titiritero capaz de desterrar de su mente y de su cuerpo todo aquello que no fuera la vida de la marioneta que sostenía en sus manos.

Yoshida lo envió a desayunar antes de la función. Temía enfrentar a los muchachos («Oh, Buda misericordioso, ¿dónde se hallaba Kinshi ahora?»), pero tenía demasiada hambre para no comer. No ganaría nada con desmayarse en el escenario por falta de alimento, concluyó lúgubremente.

Cuando entró, los tres muchachos, Wada, Minoru y Teiji, se encontraban con la nariz sobre la sopa, comiendo los vegetales con los palillos. Kinshi no estaba con ellos. Nadie habló ni levantó la vista cuando entró Jiro. Sabían lo ocurrido y lo despreciaban. Tomó su escudilla y sus palillos, se sirvió un tazón de sopa y uno de arroz y sacó algunos de los pepinillos. Tomó asiento al lado de Teiji, quien se acercó un poco a Minoru. Jiro fingió no advertirlo.

Lo único que se escuchaba en la habitación era el sonido de los palillos contra los tazones y los ruidos que hacían los muchachos de su edad al comer. Minoru se detuvo un momento para limpiarse la nariz con la manga; la sopa caliente siempre lo afectaba, pero incluso entonces, no levantó la vista para mirar a Jiro, sino que sepultó la cara de nuevo en la escudilla.

Entonces así serían las cosas. «Bien», pensó Jiro, «tendré que soportarlo». Además, con un poco de suerte, pronto sería nombrado oficialmente operario de pies y sería promovido a un camerino diferente y más amplio. Abandonaría este atiborrado hueco para siempre. Se sirvió más arroz y pepinillos. Pero era inútil: sí lo afectaba. Y sobre todo, estaba preocupado por Kinshi. ¿Qué le habría sucedido? ¿Por qué no había regresado? Renunciaría gustoso a todas las oportunidades de fama y fortuna que pudiera ofrecerle el mundo, por una mirada de aquel rostro sonriente.

De repente, escuchó un golpe en la alacena. Minoru tuvo un ataque de tos, pero era demasiado tarde. Jiro saltó hacia la alacena y abrió la puerta. Allí, sobre los cobertores, se encontraba el rostro que tanto añoraba.

–¿Quieres cerrar la maldita puerta? ¡Deforme hijo de un cohombro marino! –Kinshi cerró con fuerza los ojos y se enroscó dando la espalda a la habitación. Jiro cerró la puerta y se echó a reír. Reía tan fuerte que los otros muchachos levantaron la vista, olvidando lo que habían acordado. Y luego, uno a uno, comenzaron también a reír; incluso Wada, que había decidido permanecer enojado para siempre, reía. Las lágrimas rodaban por sus mejillas.

—Se encuentra bien —finalmente consiguió decir—. Pensé que estaba mal herido, o muerto, o algo terrible.

La puerta de la alacena se abrió. Kinshi asomó la cabeza.

—¿Podrían callar estas cuatro urracas y dejarme dormir? Debo estar en el escenario en poco tiempo —cerró la puerta de un golpe.

Tres pares de ojos se volvieron hacia Jiro. No se lo habían dicho. Se alegraba de ello. Les hizo señas de que permanecieran en silencio. Kinshi estaría hoy en el escenario. No sabía cómo, pero lo conseguiría de alguna manera. Jiro le debía al menos eso.

En un extremo de la habitación, planearon todo en voz baja. No le dirían nada a Kinshi. Sencillamente, lo detendrían hasta que su escena estuviera a punto de comenzar. Se asegurarían de que tuviera puesta la caperuza. Para cuando Yoshida advirtiera que los operarios de pies habían cambiado de lugar, sería demasiado tarde. Claro que Kinshi era un poco más alto...

—N-n-no lo notará —predijo Teiji con optimismo—. Y-y-y-ya está concentrado en la obra desde que aparece en escena.

—¿Y tú? —preguntó Wada—. Yoshida te matará después —era la primera vez que expresaba preocupación por Jiro.

Jiro le dio un golpe cariñoso para indicarle su agradecimiento.

—Ya veremos —se encogió de hombros.

Su plan funcionó. Es decir, consiguieron que Kinshi apareciera en el escenario y aunque el público era casi tan escaso como el día anterior, estaban en lo cierto al suponer que Yoshida jamás pondría en peligro una producción al mostrar enojo o siquiera sorpresa por el cambio.

Yoshida aguardó hasta que terminó la cena y la hora del baño, y luego los mandó buscar y los golpeó duramente a ambos con su vara de bambú. Pero si pudiera decirse que el dolor alivia, Jiro se sintió aliviado por el dolor. En un día se había sobrepuesto a dos tentaciones: la codicia y la ambición. Casi se sentía complacido cuando regresó al camerino de los muchachos después de la paliza.

Teiji trajo una taza.

—N-n-n-nosotros, es decir, Wada r-r-robó un poco de vino para ti de la cocina.

Jiro inclinó su cabeza en una reverencia hacia Wada.

—Perdone que me ponga de pie para tomarlo.

Los otros tres rugieron de la risa, como si hubiera sido Kinshi mismo el de la broma.

A los pocos minutos, Kinshi se unió a ellos, acariciando con cuidado su trasero.

—Oh, qué ignominia —recitó imitando a la perfección a Okada—, ser tan vilmente atacado y no poder vengarse.

—¿De qué obra es? —preguntó Minoru.

—Una cosita —Kinshi sonrió agradecido por encima de la taza que le tendía Teiji— una cosita alegre, conocida como 'La maldición del bambú'.

Minoru inclinó su rostro hacia un lado como si intentara recordar aquel drama. Cuando los otros muchachos se echaron a reír, soltó una pequeña risa perpleja, pero aún no comprendía que no existía semejante obra en el repertorio. Finalmente lo entendió y rió más que los otros. Luego, sólo porque era tan agradable reír juntos, rieron otro poco.

–Tenemos que agradecerle a Wada por el vino –dijo Jiro cuando cesaron de reír.

Kinshi chasqueó los labios con admiración.

–Tienes un magnífico gusto para los vinos, amigo.

Wada sonrió. La aprobación de Kinshi lo llenaba de felicidad.

–Bien –dijo Kinshi una vez que terminaron el vino–. Ustedes, caballeros, nos perdonarán si buscamos un poco de agua caliente en la que sumergir nuestras carnes tan inmisericordemente maltratadas, ¿verdad?

Él y Jiro se dirigieron hacia el baño. El fuego todavía ardía; lo avivaron y añadieron más leña. Cuando se bañaron por segunda vez, deleitándose en aquel lujo, el agua ya estaba suficientemente tibia. Aunque no era del tamaño de la de un baño público, la tina era lo suficientemente amplia para los dos muchachos, que se sumergieron en ella con un suspiro de agradecimiento.

–Yoshida podría matarnos por encender el fuego de nuevo a esta hora –dijo Jiro relajándose en su benéfico calor.

–No –Kinshi se sumergió hasta su barbilla–. No, ni siquiera un dragón sopla todo su fuego el mismo día. Además, estoy demasiado fatigado para preocuparme de si vivo o muero.

—¿A dónde fuiste anoche?

Kinshi levantó su brazo y lo dejó caer con fuerza en el agua.

—Kinshi.

—Ya te escuché. Bien, te diré esto. Vi a tu madre.

—¿La viste?

—Le di dinero y le dije que regresara a casa—hizo una pausa—. No sé si lo hizo.

—No. Pero te lo agradezco de todas maneras.

—Le dije que era de parte tuya.

—Pero...

—Bien, no podía decirle de dónde provenía en realidad ¿verdad?

—No.

Deseaba preguntar de dónde provenía en realidad, pero no podía hacerlo.

—Kinshi...

—¿Sí?

—No salgas más.

—Debo hacerlo —respondió Kinshi en voz baja—. No hay nadie más.

—Qué importa. ¿Quién puede ayudarles? —la mirada que aparecía en los ojos del muchacho mayor era igual a la que tenía en sus confrontaciones con Yoshida—. Nadie puede ayudar a los vagos nocturnos —dijo— Nadie piensa que sean seres humanos.

—¿Qué sucedería si... —Jiro habló lentamente, meditando su plan mientras lo hacía—. Yo puedo ayudarte a conocer a Saburo...

Kinshi rió.

—¿A Saburo? Qué charlatán eres. ¿Dónde?

—Sólo escúchame un momento. Imagina que puedo encontrarlo, y ... y —se apresuró a continuar anticipando la risa de Kinshi—, supón que pueda arreglármelas para que puedas hablarle de tu plan para ayudar a los vagos nocturnos.

—Jiro, sé razonable. Incluso si pudieras hallarlo y pudiera hablar con él, ¿crees por un momento que un hombre como él me escucharía?

—Podría hacerlo —«No que lo haya hecho jamás», pensó Jiro—. Podría hacerlo. ¿No valdría la pena intentarlo?

Kinshi hizo un extraño sonido con la garganta.

—Estás loco.

—Está bien. Quizás lo esté, pero prométeme que me darás tiempo; una semana. Si no te pongo en contacto con Saburo en una semana, entonces no intentaré disuadirte de lo que estás haciendo. Pero dame al menos una semana.

—Jiro —Kinshi sacudió incrédulo la cabeza.

—Dame una semana.

—Dos días. Tengo amigos. Gente que cuenta conmigo. No aguardarán una semana.

—Está bien —aceptó Jiro con reticencia—. Dos días, pero debes jurar...

—No, no juraré nada. Te prometo que lo intentaré. Pero ya he hecho promesas que pueden ser más apremiantes que ésta. Es una locura—repitió—. Sabes, la única razón por la que te tomo en serio es por lo que hiciste hoy. Te debo algo por eso.

–No. Fue a mi madre a quien ayudaste.

–Bien, no vamos a empezar a contar deudas y contradeudas como un par de damas bien educadas –Kinshi salió de la tina y comenzó a frotarse el cuerpo con su pequeña toalla–. De todas maneras no saldré esta noche. Así que no permanezcas despierto toda la noche jugando al perro guardián.

Jiro se secó y tomó uno de los kimonos de baño. Mañana tendría que pensar cómo llevar a cabo su loco plan; hoy se encontraba demasiado fatigado para pensar más.

Capítulo XII

UN ASUNTO DE VIDA O MUERTE

Jiro se levantó antes de todos con una sensación de urgencia que no pudo identificar de inmediato. Permaneció por un momento tendido en la oscuridad, recordando el día anterior hasta que le vino a la memoria lo que debía hacer.

Cuando pensó en lo que le esperaba, tembló y se introdujo aún más dentro de su cobertor. No deseaba que comenzara el día. «Egoísta, muchacho egoísta». Eso era lo que solía decir su madre. Pero no era que fuera egoísta o que se encontrara tan sumido en sus propias preocupaciones que no pudiera actuar. Más bien, debido a la enormidad de los problemas que se avecinaban, no tenía idea de cómo debía proceder.

Se concentró en organizar su situación. En primer lugar estaba Kinshi, su amigo. Si alguien no lo detenía, Kinshi se haría arrestar, o matar, o ambas cosas. Luego estaba su madre. Sólo los dioses sabían a qué se dedicaba, pero era fácil imaginar que se encontraba desesperada, bien por ella misma o por Hanji, y probablemente atraería desastres sobre los tres. Luego estaba su padre... Cuando Jiro pensaba en su padre, un sentimiento de impotencia lo invadía. Si supiera dónde estaba Hanji y qué le ocurría. Pero con seguridad alguien hubiera venido –Taro, o Sano, el padre de Taro– a avisarle que su padre había muerto o que su salud había empeorado. Hizo a un lado las dolorosas preguntas acerca de su padre y se concentró en Yoshida. Yoshida era la llave de todas sus dificultades. Pero no era una llave que pudiera colocar en un cerrojo y girar con facilidad.

¿Cómo aproximarse a Yoshida? Ése era el problema. Debía ingeniarse una manera de llegar a él y exponerle los hechos que Jiro sabía o había adivinado. Pero debía hacerlo de tal forma que Yoshida lo escuchara. Yoshida reaccionaba de manera inmediata y por lo general, con enfado. Si la primera frase de Jiro, incluso la primera palabra que pronunciara, desagradaba al maestro de las marionetas, era capaz de echar al muchacho de su casa.

Jiro disponía de un arma. Sabía lo de la espada en la viga de la bodega. Pero no sabía cómo hacer uso de aquel secreto. ¿Debería irrumpir con arrogancia y decir:

«Yoshida yo sé que usted es Saburo, el bandido, y si no hace lo que yo digo, lo entregaré a las autoridades?» Jiro casi se echa a reír ante semejante idea. Yoshida podía vacilar entre matarlo o escupir, ¿y en qué ayudaría su muerte a Kinshi o a Isako? Por otra parte, Jiro nunca había estado completamente de acuerdo con la tradición de los samurai que consideraba un acto de nobleza entregar la vida por aquéllos con quienes se tienen vínculos de deber o de afecto. Estaba muy apegado a su delgaducho cuerpo y al poco menos que grandioso espíritu que lo acompañaba.

Durante un momento se imaginó tendido, lavado y vestido para su entierro. Su madre se hallaba de rodillas a su lado llorando, con el corazón desgarrado. Sabía que Jiro había sacrificado todo por ellos. Era muy bello, pero no muy convincente. No, no deseaba morir incluso si se tratara de una muerte generosa o romántica.

En todo caso, eso no tenía ahora la menor importancia. Lo importante era que Yoshida debía escucharlo y persuadirlo de alguna forma de que le ayudara. No bastaría con decirle sencillamente que Kinshi estaba involucrado con los vagabundos nocturnos. Yoshida se limitaría a apalear a su hijo y a prohibirle que saliera, lo cual llevaría a Kinshi a permanecer por siempre en las calles.

Jiro le había prometido a Kinshi que concretaría un encuentro con Saburo, para que Kinshi pudiera hablarle de su plan para ayudar a los vagos nocturnos. No sólo debía arreglar el encuentro; debía arreglarlo con tal astucia que Yoshida en efecto escuchara a Kinshi con respeto. No obstante, resultaba más difícil imaginar a Yoshida escuchando respetuosamente a Kinshi, que imaginar sus propios funerales. Watonai domaba al tigre en *Las batallas de Coxinga,* pero Watonai era un valiente guerrero protegido por el mágico amuleto de su madre. Jiro era un muchacho delgado, cuyo regalo sobrenatural de parte de su madre consistía en haberlo maldecido el día de su nacimiento. El único argumento que podría persuadir a Yoshida era al mismo tiempo el más peligroso: haber descubierto la espada del magistrado asistente en la bodega.

Cuando Mochida abrió los postigos a la mañana siguiente, la idea que Jiro luchaba por encontrar apareció en su mente. Necesitaba un intermediario para abordar al titiritero, alguien en quien tanto Yoshida como él pudieran confiar. Alguien que se preocupara también por Kinshi.

Antes de que Mochida los hubiera llamado para que comenzaran el día, Jiro ya había retirado, doblado y guardado su cobertor. ¿Y Mochida? El operario de la mano izquierda llenaba todos los requisitos. Era respetado por todos y ciertamente se preocupaba por Kinshi. Pero no estaba al mismo nivel de Yoshida. La diferencia de posición haría vacilar a Mochida y despertaría la arrogancia de Yoshida. No había nadie en el ala occidental del Hanaza que estuviera al mismo nivel de Yoshida y que pudiera hablarle con franqueza sin temer la famosa ira del maestro.

Y en el ala oriental, ¿a quién le importaría si Kinshi o la madre de Jiro vivían o morían? Los recitadores y

músicos habitaban un mundo propio y sólo se digna-
ban descender al de los titiriteros cuando la práctica de
su arte lo exigía. Veían a los titiriteros de la misma manera como un hombre rico ve su sistema digestivo: era
necesario pero no merecía ser mencionado. Lo único
que el ala oriental requería del ala occidental era que
funcionara apropiadamente y suministrara el contexto
adecuado para la ejecución de lo que consideraban las
verdaderas artes: la recitación y la música.

Sin embargo, había una notable excepción en el
ala oriental. Había una persona que, si lo deseaba, podría hablarle a Yoshida en nombre de Jiro. Una persona
a quien le importaba si Yoshida Kinshi vivía o moría.
Esa persona era Okada, el ciego. Alguna vez había sido
el maestro de Yoshida. Seguramente, Yoshida todavía le
debía algo por ello. Sí. Yoshida escucharía a Okada.

¿Cómo no había pensado antes en él? Era perfecto.
Le confiaría toda la situación a Okada. El anciano sabría
instintivamente cómo apelar a los dos Yoshidas, padre e
hijo.

Jiro realizó sus quehaceres en el patio, mientras
buscaba a Tozo, el favorito de Okada, en el ala oriental.
Cuando el muchacho vino a buscar el desayuno de su
maestro, Jiro lo detuvo.

–Buenos días –dijo de la manera más cortés–. Perdona por importunarte en este momento.

Las cejas de Tozo se arquearon interrogantes, pero
inclinó la cabeza sin expresar emoción alguna en sus
bellas facciones. Era en realidad un muchacho muy
apuesto.

–¿Sí?

–Perdona por molestarte de nuevo, pero es preciso que vea a Okada hoy –Jiro se humedeció los labios–. Es muy importante.

–No creo que sea posible verlo hoy –respondió Tozo con amabilidad–. El maestro se encuentra muy fatigado y se está preparando para una presentación difícil.

–Sí, lo sé. No te lo pediría, excepto que se trata de un asunto de vida o muerte.

Tozo sonrió: una pequeña sonrisa que de inmediato se convirtió en un gesto. Jiro, sin embargo, lo advirtió y supo que había exagerado las cosas y ahora el joven músico no lo tomaría en serio.

–Tozo, créeme. Debo ver a Okada –¿qué podía decir?–. Dile que si siente algún afecto por Yoshida Kinshi debe verme, por favor.

–¿Yoshida Kinshi?

–Es algo que involucra a los dos Yoshidas. Dile que si le importa lo que le ocurra a alguno de ellos... –podía sentir la tensión en su propia voz, así que dejó de hablar. ¡Si sólo pudiera enviarle una nota a Okada! La ceguera era una terrible desventaja.

Tozo se dispuso a partir.

–¿Se lo dirás? –llamó Jiro.

–Oh, sí. Pero no puedo prometerte...

Jiro se inclinó nerviosamente. «Por favor, Tozo», rogó en silencio, «haz que me reciba».

Terminó sus quehaceres, la sesión de práctica, y su propio desayuno, y aún no había recibido señas de

Okada. Jiro intentó hallar otro camino, pero su mente rehusó cooperar. Era como si hubiera colocado todos sus tesoros en una nave; si ésta no llegaba al puerto, la ruina sería inevitable.

Cuando finalmente Tozo vino a buscar el té de su amo a media mañana, se dirigió al lugar donde se encontraba Jiro, quien vertía agua hirviendo sobre las hojas de té en las marmitas que los aprendices llevarían a las diferentes habitaciones.

–Okada dice que está dispuesto a verte si vienes inmediatamente.

Jiro se enderezó.

–¡Minoru! –gritó. El gordo muchacho, que se encontraba al otro extremo del patio con una marmita de té, se volvió.

–Por favor, termina de hacer esto por mí. Regreso en un momento –Jiro atravesó el patio a la carrera y luego, controlándose, se detuvo a la entrada del ala oriental, se retiró los zuecos y esperó a que Tozo, quien estaba descalzo, llegara a su lado. Siguió al joven músico por el pasillo hacia el camerino de Okada y permaneció afuera, balanceándose en un pie, mientras el muchacho le llevaba el té al maestro y le anunciaba su presencia.

Finalmente salió Tozo.

–Te verá ahora.

–Gracias Tozo.

–No es nada.

Jiro entró en la habitación y se arrodilló. El rostro del ciego se volvió de inmediato, aunque a Jiro le pareció que no había producido sonido alguno.

–Ah, es el hijo de Hanji, ¿verdad? Pasa, pequeño titiritero.

–Temo –Jiro se obligó a pasar por el ritual de cortesía–. Temo que lo interrumpo en un momento muy inoportuno.

–Puedo modificar un poco mi inflexible horario cuando se trata de una cuestión de vida o muerte –el recitador se burlaba de él, pero no importaba; Jiro ya estaba en la puerta. Sólo debía convencer a Okada de la gravedad de las cosas. Se desplazó por la habitación para poder hablar en voz baja, aunque Okada probablemente hubiera escuchado un susurro emitido desde la puerta.

Era difícil saber dónde debía comenzar, pero optó por empezar con Kinshi, pues era allí donde sus propios afectos se encontraban.

–Y sale todas las noches, o casi todas las noches.

El anciano tomaba su té, pero escuchaba intensamente.

–¿Te dijo que intentaba organizar a los vagos nocturnos?

–No con esas palabras –Jiro se inclinó hacia adelante–. Piensa que sólo alguien como Saburo tendría la habilidad de hacer eso. Realmente no sé qué piensa hacer. Sólo temo que pueda hacerse matar.

Okada asintió.

–No es improbable. Pero si no puedes disuadirlo tú, ¿crees que escuchará a un anciano ciego?

Aquélla era la parte crucial. Jiro se humedeció los labios.

—Kinshi desea conocer a Saburo —comenzó.

—Lo mismo desea la mitad del país —Okada sonrió y pequeñas arrugas aparecieron alrededor de sus ojos ciegos—. Pobre Kinshi.

—Hice un trato con él —prosiguió Jiro—. Si consigo que Saburo hable con él acerca de cómo ayudar a los vagos nocturnos, no saldrá a las calles. Pero sólo me dio dos días. No esperará más que eso.

—Entonces ¿debes encontrar al elusivo Saburo para Kinshi en sólo dos días? —la sonrisa de Okada se amplió—. Yoshida estaba en lo cierto acerca de ti. No careces de espíritu — «Cuándo habían hablado los dos maestros acerca de él», se preguntó Jiro, y ¿por qué?—. Es posible que carezcas completamente de sentido común al hacer un trato semejante, pero no te falta espíritu —era otra broma amable, pero Jiro la ignoró.

—Okada, esto puede sorprenderlo, pero lo que vengo a pedirle es que arregle este encuentro —Jiro esperó a que sus palabras cobraran fuerza—. Usted está muy cerca del hombre conocido como Saburo.

El ciego colocó su taza sobre la mesa con cuidado, utilizando la mano izquierda para guiarla hacia el plato lacado.

—Debes explicarme el significado de tus palabras.

Paso a paso, Jiro relató a Okada las observaciones que había hecho y las experiencias que había tenido, desde el momento en que había visto la cesta en casa de Yoshida, hasta cuando había hallado la espada sobre la viga de la bodega. Okada permaneció en silencio durante el relato de Jiro, sin cambiar de expresión. Cuando Jiro finalmente hubo terminado, dijo en voz baja:

–Te das cuenta, hijo, de que lo que dices implica un cargo muy grave contra Yoshida.

–Sí, señor.

–Su vida está en tus manos.

–Sí, señor. Me doy cuenta de ello.

–¿Y no estás tentado a traicionarlo? La recompensa es considerable –el anciano tocó con los dedos el dibujo grabado en su taza–. No demuestras un gran amor por este hombre.

–Pero Kinshi...

–Ah, tus lazos con su hijo te detienen.

–Nunca haría nada que pudiera poner en peligro a Kinshi. Pero temo por su vida. Por eso recurrí a usted, señor.

Okada asintió.

–Hiciste bien en venir.

–¿Entonces hablará con Yoshida?

Okada suspiró.

–No me pides algo sencillo.

–Lo sé, señor.

Okada sonrió levemente.

–Creo que conoces bien su temperamento.

–Sí, señor.

–Ningún cuidado sobra al abordarlo.

–No, señor.

–Y si en realidad es Saburo, es más peligroso de lo que imaginas. ¿Recuerdas la advertencia de Saburo en el teatro aquella noche? Si piensa que alguien puede traicionarlo, puede llegar a matar a esa persona.

Jiro sintió en su interior un escalofrío helado.

–Puede ser un riesgo demasiado grande –o él puede considerarlo así– confiar no sólo su propia vida sino la vida de todos sus compañeros a alguien de quien no puede estar completamente seguro.

–Yoshida podría sentir desconfianza respecto de mí –Jiro tragó saliva para impedir que el miedo se filtrara en su voz–. Pero no respecto de usted, señor. Usted podría hablarle. Usted podría pedirle que ayudara a los vagos nocturnos. El confiaría en usted.

–Sí. Es lo que cualquiera debiera suponer. Yo era su maestro en aquella época, en el Takemoto, ¿lo sabías?

–Sí, Kinshi me lo dijo.

De repente, el anciano se inclinó hacia adelante, con el rostro brillante.

–¿Me ayudarías?

–¿Yo, señor?

–Sí. Si yo tuviera la cesta o mejor aún, la espada, allí sobre la mesa cuando él entrara...

–Claro –¡qué inteligente era aquel anciano!–. Tendría una ventaja sobre él antes de comenzar a hablar.

–¿Crees que dará resultado? –Okada sonaba como un niño ansioso de recibir aprobación.

–Oh, sí –Jiro se incorporó de un salto–. La conseguiré.

Okada ladeó la cabeza pensativamente.

–Quizás debiera enviar a Tozo. No sabemos cómo reaccionará Yoshida si te encuentra en la bodega.

–He entrado antes. Nadie parece advertirlo, como tampoco cuando Kinshi lo hace. Y yo sé exactamente dónde se encuentra la espada.

–¿Estás seguro?

–Sí. No tengo ninguna responsabilidad durante los últimos actos. Iré en ese momento. Nadie se fijará en mí. No se preocupe. Todo saldrá bien. Sólo me deslizaré aquí con ella – Jiro contempló la habitación–. ¿Dónde debo ocultarla?

–Hay una pila de cojines a mi derecha, ¿verdad?

–Pero no es lo suficientemente ancha. La espada se saldría.

–Qué problema –susurró el anciano.

–¿Y bajo los cobertores en la alacena?

–Tozo siempre mete allí su nariz, y también en mi arcón. Además, yo mismo tendría dificultades para encontrarla. La ceguera no es tanto una aflicción sino un terrible inconveniente – permaneció en silencio, como si revisara mentalmente la habitación para buscar un lugar dónde ocultar la espada.

–¿Detrás de los postigos?

–¿No los cerrará Tozo antes de que usted llegue? Okada chasqueó la lengua con impaciencia.

–Oh, no será por mucho tiempo. Sólo cubre la punta de la espada con uno de los cojines. Trataré de mantener a Tozo ocupado fuera de aquí hasta la noche cuando termine la función.

–¿Hablará con Yoshida esta noche?

–Cuanto más pronto mejor, ¿no crees?

Jiro clavó su frente contra la estera.

—No sé cómo agradecérselo, señor.

Okada hizo un gesto.

—Es por el bien de todos nosotros —dijo con gentileza.

Jiro apenas advirtió que los otros muchachos estaban disgustados con él por abandonar sus quehaceres a media mañana, pues se había librado de un gran peso. Confiaba en que Okada se haría cargo de todo.

—Te perdiste de tu té —dijo Kinshi—. Traté de guardar un poco para ti, pero los otros muchachos dijeron que habían hecho todo tu trabajo y que se merecían tu parte.

—Es justo —replicó Jiro alegremente.

Kinshi frunció el ceño.

—Tu mal humor parece haberse convertido en un arco iris.

Jiro sonrió.

—¿Lo crees así? —pero la conversación no prosiguió porque Kinshi debía prepararse para la función.

En el camerino principal del ala oriental, el recitador ciego había llamado a Tozo. Era una voz diferente de la que conocía Jiro. Pero un recitador tiene mil voces.

—Tozo, dile a Yoshida que estoy enfermo. Toyotake puede reemplazarme.

—Sí, señor.

—Y Tozo...

—Manda buscar a Hanji. Ha surgido un problema con su hijo.

Capítulo XIII

EL MAESTRO DE
LAS MARIONETAS

Jiro tomó la llave y abrió con cuidado la reja. Desde el teatro se escuchaba la voz de Toyotake, uno de los recitadores mayores, entonando el acto. Nadie estaría vigilando la bodega en un momento en que todos se hallaban tan atareados, pero instintivamente se volvió y examinó el patio antes de deslizarse hacia adentro y cerrar la reja. Colocó la llave dentro de su banda y se abrió paso por la mohosa oscuridad hacia las escaleras. No estaba consciente de estar nervioso, pero advirtió que sudaba y que una de las venas de su sien latía dolorosamente. Trepó por la oscura escalera, colocando las manos en el peldaño siguiente y deslizándose como un gato, entrecerrando los ojos para acostumbrarlos con mayor rapidez a la penumbra.

Avanzó por el estrecho pasillo hacia el frente de la edificación y hacia la luz de la única ventana. Una vez allí, se empinó y buscó con las yemas de los dedos sobre la parte superior de la ancha viga para encontrar la espada, pero fue más difícil de localizar de lo que creía. Finalmente, levantó un pequeño baúl de la pila, lo colocó enfrente de la ventana y al lado de la viga central, y subió en él para mirar mejor.

La espada había desaparecido.

Intentó contener su pánico. Debía de estar allí. Sólo que estaba demasiado oscuro para ver la funda negra esmaltada. Recorrió con las manos toda la viga central y lo único que consiguió fue llenarlas de polvo. Tenía que estar en la viga central. El resto de la habitación estaba lleno de cajas y baúles. No podía haberse equivocado acerca del lugar donde se encontraba la espada. Alguien la había tomado.

Bajó del baúl y se sentó sobre él. Se disponía a llevarse las manos a la cara, cuando recordó cuán sucias estaban. Las limpió metódicamente sobre los pantalones. ¿Qué haría ahora? Sin la espada, Okada quizás no le creería; incluso si lo hiciera, no tendrían pruebas para confrontar a Yoshida. Quedaba la cesta, pero la había visto hacía mucho tiempo, con un arreglo otoñal. Desde entonces, la señora Yoshida habría cambiado el arreglo de la alcoba al menos dos veces, para las diferentes estaciones, y no había manera de saber rápidamente dónde estaría la cesta. ¡Tiempo! No tenía tiempo. Lo echarían de menos en el escenario dentro de poco. ¿Cómo podría escapar siquiera unos minutos para verificar?

Debía ir. Se incorporó, dejó el baúl en su lugar y se dirigió por el estrecho pasaje hacia la escalera. Jiro estiró la mano izquierda para conservar el equilibrio en la oscuridad y miró hacia abajo. Cuando lo hizo, su sangre se congeló. Pues allí, al final de la escalera, apenas distinguible en la penumbra, se hallaba alguien. Por la figura, supo que la persona llevaba una caperuza de titiritero.

No había un lugar para esconderse, pero Jiro instintivamente retrocedió hacia el estrecho pasillo.

La figura encapuchada avanzaba escaleras arriba. Cuando llegó al segundo piso y se volvió hacia él, Jiro pudo ver que llevaba una marioneta masculina. El brazo y la pierna izquierdos de la marioneta colgaban inertes, pero la persona había colocado sus manos en el cuello y en el brazo derecho y estaba operando la marioneta de tal manera que ésta parecía asomarse primero a la izquierda y luego a la derecha, como si buscara algo o a alguien.

Jiro había retrocedido casi hasta la ventana, cuando la marioneta se detuvo y pareció fijar sus ojos en él.

—Ah —dijo—. Ahí estás. Te he buscado por todas partes —había algo en su voz que le resultaba familiar, pero debido a la oscuridad que envolvía al titiritero, Jiro no podía dejar de sentir que la voz provenía del rostro de madera.

–¿Sabes –prosiguió– cuán peligrosa puede ser la curiosidad?

Jiro retrocedió contra la ventana, pero la marioneta permaneció donde estaba.

–¿Recuerdas la historia de la campesina que era cortejada por un apuesto pretendiente? No se contentó con que aquel noble personaje se dignara fijarse en una muchacha ordinaria como ella. Deseaba saber quiénes eran sus nobles padres y dónde se hallaba su casa ancestral –la marioneta se agitó levemente y la luz de la ventana se detuvo sobre algo que brillaba en su mano derecha. Jiro reconoció inmediatamente la espada de la marioneta que, como todos los objetos utilizados en el Hanaza, era perfecta en todos sus detalles.

–La muchacha, como recordarás, le preguntó a su nodriza cómo podría averiguar la identidad de su amado. La anciana le entregó una aguja, tan afilada como mi espada. La aguja estaba enhebrada y cuando su amante partió, la muchacha la clavó entre sus ropas. Luego, poco tiempo después, ella y la nodriza siguieron el hilo. Éste las condujo afuera de la ciudad y a lo más profundo del bosque, hasta que desapareció en una cueva.

Jiro, naturalmente, conocía la historia, pero aguardó, con la garganta seca, a que la marioneta terminara.

–La vieja nodriza encendió una lámpara y las dos mujeres curiosas penetraron en la cueva, y ¡qué hallaron, sino una enorme serpiente retorciéndose de dolor, con la aguja clavada en el cuello!

La marioneta comenzó a retorcerse; sosteniendo la espada delante de sí, se aproximó a Jiro en una especie de danza horripilante.

–Pobre Jiro –fueron aquellas palabras las que permitieron a Jiro reconocer la voz–. ¿Por qué estás atemorizado? Fuiste tú quien clavó la aguja en la carne de la serpiente.

–¿Okada? –Jiro apenas podía susurrar el nombre–. ¿Okada?

–Deseabas enviar un mensaje a Saburo, ¿verdad?

–Sí, pero...

La figura encapuchada se inclinó.

–Pero, ¿cómo?

–¿Cómo puede un anciano ciego ser el arrollador Saburo? –el recitador colocó la marioneta en el suelo y se levantó la caperuza–. Ah, pequeño Jiro. Cometes el mismo error de todos. Yoshida es famoso en todo Osaka como el maestro de marionetas del Hanaza, cuando soy yo quien en realidad manipula a Yoshida –rió con su extraña risa–. Sí. Saburo tiene muchas marionetas. Toda el ala oriental le pertenece, así como Yoshida y algunos pocos elegidos de fuera que han jurado entregar su vida por la causa. Pero Saburo es sólo uno. Sólo yo soy el maestro de las marionetas.

Jiro permanecía allí, con la espalda contra la delgada ventana. Apenas respiraba, como si al no emitir sonido alguno pudiera tornarse invisible para el ciego. Sin embargo, Okada avanzó un paso más hacia él; la espada de la marioneta brillaba en su mano.

–¿Qué debo hacer? Llego a mi bodega, y encuentro un ratón mordisqueando mis tesoros. ¿Qué hace el amo cuando atrapa un ratón con sus dientes hundidos en...

Jiro no esperó. Tomó el baúl que se hallaba más cerca de él y lo lanzó entre él y el recitador. Tomó otro y lo colocó encima del primero. Luego, trepando sobre ellos, se izó sobre las vigas como un mono y se deslizó sobre la cabeza de Okada. Cuando lo hubo sobrepasado, saltó de la viga y colocó más cajas y baúles en el pasillo. El ciego había dejado caer la espada al suelo y agitaba los brazos impotente, intentando buscar una salida a la trampa que tendía Jiro a su alrededor.

–Jiro, te lo ordeno. Espera. Espera, espera, te digo.

Sin embargo, Jiro ya había bajado las escaleras y atravesado la reja. La cerró de un golpe y luego, en pánico, cerró las enormes puertas de hierro y colocó el pesado cerrojo. Él, Jiro, había apresado a Saburo el bandido tras unas puertas de hierro, y en lo único que podía pensar era en aquel pobre anciano agitando los brazos, rogándole lastimeramente que esperara.

Debía hallar a Kinshi. Kinshi sabría qué hacer. Atravesó corriendo el patio, pero cuando llegó a la puerta, alguien lo asió por el brazo.

–¿Dónde demonios te habías metido? –las facciones habitualmente plácidas de Mochida estaban contorsionadas por la furia.

–Yo-yo...

–Yoshida Kinshi ha desaparecido y debes reemplazarlo en los pies de Akoya. Okada está enfermo y no puede continuar. Créeme –Mochida sonrió lúgubremente– el maestro está de un humor terrible, así que ten cuidado –mientras hablaba, Mochida vestía a Jiro con el kimono negro. Cuando terminó, colocó la caperuza sobre su cabeza y lo empujó hacia la entrada del escenario, donde Yoshida y el operario de la mano izquierda lo aguardaban.

Jiro asió el dobladillo de Akoya entre sus dedos y se inclinó en la posición adecuada. «¡Auch!», algún dios le impidió gritar cuando el zanco de Yoshida se clavó en su tobillo. Al minuto siguiente, los tres se deslizaban al escenario detrás de la marioneta. La representación de la *Tortura del Koto* había comenzado.

Capítulo XIV

LA DESTRUCCIÓN

Si viviera cien años, si se convirtiera en un maestro de las marionetas y llegara a tener su propio teatro, nunca emularía la representación que ejecutó aquel día. Si su concentración se hubiera apartado por un instante de la función se habría deshecho, así que se sumió en ella. Era como un buscador de perlas que dejaba tras de sí el mundo de la luz y el aire para internarse en pos del tesoro en el fondo del mar.

Cuando finalmente terminó la escena, se arrancó la caperuza y el kimono, los dejó caer al suelo en la parte de atrás del escenario y corrió hacia la puerta que daba a la callejuela. Oyó que alguien gritaba su nombre mientras corría el cerrojo, pero fingió no escuchar. Afuera caía la tarde; no obstante el calor del verano permanecía en el aire.

–¡Jiro! –Tozo había asido la parte trasera de su túnica y lo sujetaba–. ¿A dónde vas?

–Déjame. Debo marcharme –pero el delgado joven era más fuerte de lo que parecía.

–¿Dónde está mi maestro? –exigió saber Tozo; su expresión se había despojado de cualquier toque de suavidad femenina–. Fuiste tú quien lo vio por última vez, ¿verdad?

–Dios bendito –murmuró Jiro. El anciano podía haber muerto en aquel lugar sin aire–. Déjame ir y te lo diré.

Tozo le permitió desasirse.

–Está... está encerrado en la bodega.

–¿Qué quieres decir?

Pero Jiro dejó que se las arreglara solo. Su responsabilidad era hallar a Kinshi. Y debía hacerlo antes de que Okada tuviera oportunidad de enviar a alguien a buscarlo a él.

Apenas quedó fuera de vista del Hanaza, anduvo más despacio. ¿Dónde estaría Kinshi? Con los vagos nocturnos, suponía. Y ellos irían a donde pensaran que podrían obtener comida. La única área de la ciudad donde había bastante comida era en el distrito de los comerciantes. No podía pensar en un plan mejor que dirigirse hacia allí y mantener los ojos y los oídos abiertos para detectar cualquier indicio de su amigo.

Súbitamente, escuchó el sonido de la campana de incendios. Los disturbios no habían aguardado la oscuridad. En la calle siguiente podía ver a los miembros de la brigada de incendios precipitarse a la calle. Corrió para unirse a ellos y mientras lo hacía, podía escuchar las campanas que tañían en los tejados de todas las brigadas de incendio del distrito.

El aire estaba lleno de humo y delante de sí, largos hilos de fuego atravesaban el cielo de la tarde. Por encima de los gritos de los bomberos e incluso del clamor de las campanas, se escuchaba una cacofonía de golpes y extraños gritos infrahumanos como si el infierno hubiera soltado a sus demonios.

Cuando dobló la siguiente esquina, los vio. Los vagos nocturnos estaban armados de palos o mazos, algunos de varas de bambú, otros de antorchas. Como una manada de animales feroces corrían por todas partes, destruyendo todo cuanto veían ante ellos. Si cualquier comerciante o bombero se atrevía a enfrentarlos, tres o cuatro personas se separaban de la manada y se abalanzaban sobre el enemigo hasta dejarlo tendido en el suelo sin sentido.

Observó cuando una turba destruía postigos de madera con hachas y mazos; luego una anciana lanzó una lámpara de aceite por la apertura. Desde dentro comenzaron a escucharse gritos cuando el fuego alcanzó las puertas de papel y en pocos segundos las llamas consumían el tejado.

Los vagos rugían de la risa y abatían lo que quedaba de los postigos. Se precipitaban entre las llamas y salían corriendo de nuevo, cargados, riendo todavía, gritándose unos a otros y enseñando su botín por un momento; luego saltaban a la calle para destruir y quemar algo más.

Jiro permaneció en la calle y gritó tan alto como pudo: «¡Kinshi! ¡Kinshi-i-i!», lo mismo hubiera sido gritarle a un tornado.

Un bombero chocó contra él y le ordenó enojado que se apartara de la calle, pero no se movió. Cuando la turba continuó su camino, él los siguió, intentando abrirse camino por entre los bomberos y los atónitos espectadores, escrutando los rostros alucinados de hombres y mujeres.

Gradualmente advirtió que no se trataba únicamente de aquella calle ni de una sola pandilla de ladrones nocturnos: toda la ciudad ardía. Osaka había sido una ciudad a horcajadas sobre un volcán durante largos años. Ahora, finalmente, los oprimidos se habían levantado como una erupción y estaban decididos a destruir la ciudad que los había tiranizado. Jiro continuó hacia la calle siguiente, donde se repetía la misma escena de violencia y ciega destrucción. Toda la noche erró de calle en calle, llamando a Kinshi e intentando ver su rostro a la luz de los incendios que asolaban la ciudad.

Cuando veía a alguien tendido en las oscuras sombras de la calle, se arrodillaba para examinar su rostro; cuando, como a menudo sucedía, se hallaban boca abajo, con una sangrienta herida en la cabeza, llamaba a Kinshi suavemente, si la persona aún respiraba, y volvía el cuerpo, si estaba muerta.

En la mañana, el olor a carne chamuscada se esparcía por doquier. Jiro tropezaba a causa del cansancio y del desaliento. Pero advertía también que los ruidos de la noche amainaban. Por el momento, las brigadas de incendio estaban activas y parecían luchar sin impedimento contra el fuego. La policía también avanzaba, capturando a aquellos vagos que habían sido heridos o estaban demasiado viejos, o demasiado jóvenes, o demasiado fatigados para escapar.

Un hombre con traje de bombero, que llevaba un sombrero de paja que cubría sus facciones, volteó la cabeza hacia Jiro. Sobresaltado, éste advirtió que el hombre se disponía a interrogarlo. Cuando atravesó la calle en dirección a él, Jiro se volvió y echó a correr. A pesar del agotamiento que había experimentado unos momentos antes, recobró fuerzas y pronto dejó atrás al hombre mayor que lo perseguía. Jiro abandonó apresuradamente el distrito de los comerciantes. Su instinto lo condujo a las estrechas callejuelas de los artesanos y lo llevó, con los ojos inflamados y el pecho adolorido, al taller de su padre. Se reclinó pesadamente contra la puerta, sin voz para llamar.

De repente, levantó la vista y vio al bombero que lo había seguido; el muchacho, sin embargo, ya estaba demasiado fatigado para correr. Se dejó caer sobre el empedrado y aguardó a que el hombre viniera a arrestarlo. El hombre se aproximó y se inclinó sobre él.

–Esperaba encontrarte aquí –dijo.

Jiro contempló el rostro de su padre. Era demasiado. El muchacho sepultó la cabeza en sus rodillas y comenzó a llorar como un niño. Hanji abrió la puerta y ayudó a Jiro a incorporarse.

–¿Estabas buscando a tu madre, verdad?

El agotamiento no le permitió dar explicaciones; asintió y entró en la casa detrás de su padre. El hombre sacó una cantimplora de su túnica y sirvió dos copas de vino de arroz. Cuando el claro licor ardió en su garganta, Jiro recobró la voz.

–No sólo buscaba a mi madre, sino a Yoshida Kinshi. ¿Lo has visto?

Hanji sacudió negativamente la cabeza.

–Okada no dijo nada acerca de él, sólo acerca de ti.

–¿Okada?

–Sí, envió un recado diciendo que habías salido y que yo debía encontrarte –Hanji apuró lo que quedaba del vino–. Ambos estábamos preocupados, naturalmente, de que estuvieras en la calle. No sabía que tu madre también había salido hasta cuando me detuve aquí.

–¿Sabes por qué Okada está preocupado por mí?

–Es un buen hombre –respondió Hanji sin mirar a Jiro a la cara. Su padre pertenecía a la banda de Saburo. De repente, Jiro estuvo seguro de ello.

–Has estado enfermo, ¿verdad?

Hanji no respondió de inmediato. Se levantó y lavó las copas de vino.

–Lamento –dijo pronunciando las palabras con cuidado y deliberadamente– el dolor que les he causado a ti y a tu madre –con sus largos dedos de artista, tomó un trapo del clavo y secó las copas.

–¿Has estado trabajando para él durante todo este tiempo?

Hanji no levantó la vista.

–Somos muchos.

–¿Qué... –la voz de Jiro se quebró en la mitad de la frase– qué te dijo acerca de mí?

–Dijo que eras un muchacho valiente y lleno de espíritu, que debía estar orgulloso de ti. Le creí –añadió su padre en voz baja.

No era una respuesta que Jiro pudiera comprender con claridad. Podía significar que Okada no le había dicho nada a su padre acerca de la bodega, o bien que su padre lo sabía pero no deseaba decírselo. Si Hanji había jurado lealtad a Saburo, era como en *El ladrón del Tokaido*, ¿verdad? El hijo de Joman es ovacionado porque muere por su padre. Hanji sería ovacionado por sacrificar a su hijo en aras de su amo.

Jiro se incorporó.

–Debo irme –dijo–. Todavía debo encontrar a Kinshi y a mi madre.

–Iré contigo.

–No, no –se apresuró a decir Jiro–. Por favor, no lo hagas. Dile a Okada que regresaré al teatro en cuanto los haya encontrado. Lo prometo. Juro que regresaré y me someteré a lo que Okada desee. Sólo permíteme hallarlos primero.

Su padre pareció vacilar. Luego se deshizo del traje de bombero que llevaba.

–Toma esto y el sombrero –dijo–. Te protegerá contra las autoridades.

Jiro se los colocó obedientemente y luego se inclinó, un poco rígido, ante su padre.

–Ten cuidado –dijo su padre en la puerta.

–Tú también –Jiro se ahogó al decirlo.

Hanji observó cómo desaparecía su hijo en la esquina y luego, con practicado sigilo, abandonó la casa.

Capítulo XV

BOMBERO DE LA BRIGADA DE NAMBA CHO

El traje de bombero era demasiado grande para él. Las yemas de los dedos no llegaban siquiera al borde de las mangas; vacilaba entre arremangarse para liberar sus manos, lo cual significaba que tendría que sostener los brazos pegados al cuerpo de manera incómoda, o dejar que las mangas colgaran y esperar que nadie lo notara. El tamaño del sombrero no era problema. Cubría por completo su rostro. Ni los oficiales de policía que frecuentaban el Hanaza ni los hombres de Okada podrían identificarlo con facilidad.

Mientras caminaba, su corazón latía con tal fuerza y dolor, que al principio escuchaba los gritos y el clamor de las calles a lo lejos, como el ruido que hacían las ollas en el Hanaza al entrechocarse las unas con las otras en la parte trasera del escenario. Pero las calles de Osaka aún rebosaban de malas intenciones y si Jiro hubiera tenido menos que temer, hubiera sido agudamente consciente de lo que giraba a su alrededor. Todos los ronines y desharrapados, incluso quienes habían sido alguna vez respetables artesanos, se arrastraban por la ciudad decididos a destruirla.

A cada paso lo empellaban. Las turbas no marchaban en una sola dirección, sino que se extendían por todas partes, de prisa y sin rumbo fijo, mientras los gusanos se esparcían por los cadáveres putrefactos.

¡Y Kinshi sentía compasión por ellos! El pensamiento de Kinshi, fuerte y puro, riéndose de sí mismo y gastándoles bromas a los demás. Kinshi, la única persona realmente buena que quedaba en el mundo, ahora que sabía que su propio padre había abandonado a su madre para convertirse en forajido. Kinshi quizás estaría muerto o malherido por ayudar a gente como ésta, como aquel ronin, con el rostro cubierto por una costra de mugre, que llevaba bajo cada brazo un rollo de seda; un saqueador, un ladrón, con una espada al cinto, tal vez también un asesino. ¿Cómo podía Kinshi desear ayudar a alguien como él?

Como si leyera la mente de Jiro, el ronin se volvió. Fijó sus ojos en él y utilizando los rollos de tela como codos de madera, atravesó la calle y se enfrentó al muchacho. Con un giro del rollo, lanzó el sombrero de Jiro volando sobre la multitud. –¡Bombero! –empleaba la palabra como si fuera una obscenidad. Luego, levantando la pierna, le asestó una patada que lo lanzó contra la muchedumbre, la cual se hizo a un lado para que cayera sobre el empedrado. Un enorme pie apareció de inmediato sobre su pecho. El ronin se inclinó y sonrió desagradablemente.

—He atrapado otro bombero —dijo. Luego levantó la cabeza y la voz—. ¡Escuchen! ¡Escuchen todos! He atrapado otro bombero.

—¿Cuántos llevas, maestro ronin?

—Cuatro. Cuatro desde anoche y todos sabemos que cuatro es un número de mala suerte, ¿verdad?

—¡Verdad!

—Nunca te detengas en cuatro, ¡maestro ronin!

—¡Cinco es un número ideal!

—¿Quiere que sostenga la seda?

El ronin retrocedió ante la oferta.

—No necesito ayuda. Pasó el rollo que sostenía en el brazo derecho al brazo izquierdo y los asió con fuerza. Luego, colocando cada uno de sus pies sobre las caderas de Jiro, desenvainó su larga espada.

—¿Rápido como un pollo? —pasó la hoja levemente por el cuello de Jiro—. ¿O más elegante? —la espada hacía una cruz sobre el pecho y el vientre de Jiro— ¿Como un cerdo o un buey?

—¡Como un cerdo! —gritó la voz de un hombre.

—¡Un cerdo! —hizo eco otra voz.

El ronin sonrió.

—Será entonces como un cerdo.

Tendido allí, atontado quizás inicialmente por la caída, Jiro experimentaba lo mismo que había sentido en el Año Nuevo: aquella escena no era, no podía ser real. Pero la sensación del frío metal en el cuello lo alertó. No estaba preparado para morir. Debía hallar a Kinshi y a su madre. Luego moriría, si así lo disponía Okada, pues eso no dependía de él. Esto sí. Entonces Jiro se levantó de repente, asió con ambas manos la pierna del ronin y la sacudió con todas sus fuerzas. Cuando el hombre perdió el equilibrio, Jiro gritó:

–Tomen la seda. ¡Vale una fortuna!

Ambos rollos habían desaparecido cuando el cuerpo del ronin cayó sobre el pavimento. Jiro, dejó atrás a la turba que ahora insultaba al forajido, quien no disponía ni de seda ni de un bombero para jactarse.

El miedo le dio suficientes fuerzas a Jiro para abrirse paso por entre la multitud hacia una callejuela, donde se despojó del traje de bombero. ¿Era aquélla la muerte que su padre deseaba para él? Jiro apartó esa idea de su mente. Después de todo, su propio padre había llevado el traje. Parecía depender de las circunstancias el que fuera una protección o una amenaza. Lo dobló con cuidado y lo introdujo en la apertura de su túnica.

Si podía mantenerse en las callejuelas estaría a salvo. Infortunadamente, muchas terminaban en el costado de un edificio o en el muro de un jardín, y Jiro se veía obligado a rehacer su camino hacia las calles principales donde los saqueadores, amotinados y salvajes, giraban en caóticas y peligrosas corrientes cruzadas.

Pero él no se hallaba allí para protegerse. Estaba allí para encontrar a Kinshi y a Isako, y de alguna manera debía conseguirlo. La luz del día estaba a su favor, pues al contrario de la noche anterior, podía ver todo con claridad. Pero en esta segunda ola de violencia, la turba había aumentado en tamaño y beligerancia, de manera que la búsqueda misma se convertía en un peligro. Los esfuerzos de las autoridades se habían debilitado. Desde que había abandonado el taller de Hanji, no había visto ningún policía. Hacían bien en mantenerse alejados de las calles. Si la gente atacaba a los bomberos, ¿qué no haría contra un policía? Temprano en la mañana, sin embargo, habían arrestado muchas personas. Jiro sintió un pequeño aguijón de esperanza. Si Kinshi e Isako habían sido arrestados, estarían a salvo.

Ahora que tenía una meta, parecía más fácil abrirse paso por las calles. Iría directamente a la oficina del alguacil y pediría ayuda. Después de todo, con su traje de bombero, era uno de ellos, ¿verdad? Jiro aguardó hasta llegar casi a la entrada de la oficina del alguacil para ponerse el traje.

Fue saludado respetuosamente por un subasistente del magistrado, un hombre agradable y robusto, quien alabó el valiente desempeño de la brigada de incendios durante la noche anterior y lo interrogó detalladamente acerca de los grandes peligros que había debido correr. Afortunadamente, la ignorancia de Jiro acerca de la brigada de incendios de Namba Cho fue tomada por modestia; fue felicitado y conducido al patio, para ver si conseguía hallar a sus familiares.

Incluso al aire libre, el patio apestaba peor que un establo. Estaba atestado de gente. Había heridos aquí y allá, y en general, apenas había espacio para sentarse.

Cuando alguien se movía, el movimiento se transmitía como una oleada por el patio, de manera que otros tropezaban y caían sobre los cuerpos que yacían en el suelo. Jiro permaneció con el oficial a un lado de la muchedumbre e intentó examinar cada uno de los rostros.

—¿Los ve? —preguntó el subasistente.

—Es imposible. Hay demasiada gente aquí. No sabría decirle.

El oficial entró en el edificio y regresó con una butaca. Golpeó la parte superior.

—Suba aquí. Quizás ellos puedan verlo.

Jiro se subió a la butaca. Docenas de ojos inflamados se volvieron hacia él. En un minuto comprendió que se debía al uniforme de Namba Cho. Odiaban aquel uniforme. Intentó lucir severo y mirarlos fijamente.

—¡Jiro! ¡Aquí estoy! —el grito provenía del medio de la multitud—. ¡Es mi hijo! ¡Ha venido a buscarme!

Un murmullo enojado fue la respuesta. El oficial se abrió paso con rudeza, armado de su vara de hierro y Jiro lo siguió hasta el sitio de donde provenía el grito de su madre. Justo detrás de Isako se encontraba... sí —Jiro estaba seguro, debía de ser Kinshi, aunque la postura parecía extrañamente humilde para ser la suya. Su cabeza estaba inclinada y un enorme sombrero tejido, similar al que utilizaban los samurais para disfrazarse en el distrito del placer, cubría sus facciones.

Jiro lo miró inexpresivamente.

—Ambos se encuentran aquí —dijo al oficial—. Éste es mi hermano. No sé cómo agradecer su amable ayuda.

—No debe decir eso —replicó el policía—. No después del valor que demostró anoche la brigada a la que pertenece. Nos complace poder servir... —se inclinó levemente ante Isako y Kinshi—. Pueden salir —dijo en voz baja—. Pero, por favor, no perturben a la muchedumbre.

Isako asió a Kinshi por la manga.

—Ven conmigo —dijo.

El subasistente del magistrado se abrió paso de nuevo entre la selva humana y Jiro hizo pasar a su madre y a Kinshi delante sin decir palabra. Estaban casi a salvo; unos pasos más hasta el edificio del alguacil, la entrada de piedra, la salida y se hallarían en la calle. Podrían dar un rodeo por el distrito financiero para evitar las turbas y estar de regreso en el Hanaza antes del mediodía.

En el recibo, Jiro se volvió y se inclinó cortésmente ante el subasistente.

—Nunca podré agradecer su gentileza —dijo.

—¿Por qué lo menciona?

—Bien, entonces adiós por ahora.

—Cuídese.

—También usted —el calmado tono de voz de Jiro contrastaba con su terrible ansiedad por salir de allí a la mayor brevedad. Se dirigieron hacia la puerta.

—¡Escucha! ¡Brigada de Namba Cho! El magistrado asistente desea verte.

El cuerpo de Jiro se paralizó.

—Nos encontramos afuera —susurró a Kinshi—. Si no salgo de inmediato, vé al Hanaza. Toma el camino largo que bordea el río.

Permitió que lo condujeran a la oficina del magistrado asistente. Se alegraba de poder sentarse sobre sus pies, pues esto al menos disimulaba el temblor de sus piernas. Inclinó su cabeza hasta la estera y la dejó allí, evitando la mirada del oficial. El magistrado asistente que se encontraba sentado detrás de la mesa llevaba el emblema de la garza con las alas desplegadas. Era el único oficial de policía de la ciudad que hubiera podido reconocer a Jiro.

–¿Dónde está tu brigada de incendio?

–En Namba Cho –respondió con la cabeza sobre la estera.

–No. Quiero decir, ¿por qué no estás de servicio ahora? La ciudad está en llamas.

–Sí, su señoría.

–Bien, ¿dónde se encuentran?

–No lo sé, señor. Anoche...

–Sí, sí, lo sé. Anoche la brigada de Namba Cho se desempeñó valerosamente. Pero eso fue anoche. El valor de anoche no es suficiente para enfrentar la crisis de hoy.

–No, señor.

–Toma –el oficial escribió algo en un papel–, lleva esto a tu jefe.

Intentando no levantar la cabeza, Jiro se deslizó a gatas hasta la mesa del magistrado asistente. Se incorporó para tomar la nota.

–Eres muy joven para ser bombero.

Sí, señor –Jiro bajó los ojos apresuradamente.

–¿Te he visto antes en Namba Cho?

–No lo sé, señor –los latidos de su corazón levantarían el polvo de la estera si el oficial proseguía.

–Me parece que te he visto antes. ¿Quizás conozco a tu padre?

–No lo creo, señor. Pertenecemos a un rango muy bajo en Namba Cho.

–Bien, no pierdas más tiempo. Lleva esta nota a tu jefe de inmediato.

–Sí, señor –Jiro comenzó a retroceder lo más rápidamente posible sin parecer descortés–. Y gracias por su gentileza.

–Espero que tu madre esté a salvo.

–Sí, señor, gracias.

El oficial agitó la mano. También él estaba cansado de cortesías.

Jiró retrocedió con un movimiento y salió de la habitación, se calzó los zuecos y se inclinó a la entrada tan rápido como pudo. Kinshi e Isako habían desaparecido. Debían de haber partido antes. Jiro comenzó a trotar. Los alcanzaría pronto.

–¡Escucha! ¡Namba Cho!

Jiro desatendió el llamado del subasistente.

–¡Namba Cho! –el policía corrió tras él y lo asió por la manga.

–¿Me llamaba? –preguntó Jiro débilmente.

El policía lo miró con extrañeza.

–¿Llevas un mensaje para tu jefe de parte del magistrado asistente?

–Sí. Voy a entregarlo. Dijo que me diera prisa.

–¿Te sientes bien? ¿No estás demasiado fatigado?

–No, no. Estoy bien –¿cómo podría deshacerse de aquel hombre?– Lo que pasa es que tengo prisa de...

El policía lo asió por los brazos y lo hizo volver.

–Namba Cho es en dirección contraria –dijo. –Oh –Jiro intentó reír–. Sólo trataba de evitar las turbas.

–Te diré lo que haremos, hijo. Iré contigo –el hombre acarició su espada–. No es seguro, sabes.

Bajo el traje de bombero, Jiro sentía que el sudor corría por sus brazos. Comenzaron a caminar hacia la estación de la brigada de Namba Cho.

–Tuviste suerte de hallar a tu madre y a tu hermano, ¿verdad?

–Gracias a usted –murmuró Jiro.

–Oh, no, fue pura suerte. No tienes idea cuánta gente murió pisoteada, sin mencionar aquéllos que ardieron –era un hombre bonachón y conversaba en un tono agradable mientras caminaban. Jiro intentaba responder, pero su cerebro estaba frenéticamente concentrado en hallar una manera de escapar.

–... en Namba Cho?

–Lo siento, ¿qué dijo?

–¿Cuántos hombres hay ahora en Namba Cho?

–Oh, no los suficientes.

El policía rió.

–Nunca hay suficientes, ¿verdad?

Se había alejado ya varias calles de la oficina del alguacil y la muchedumbre comenzaba a engrosarse de nuevo. El policía colocó la mano sobre el puño de la espada, y aunque continuaba conversando, sus ojos se mantenían fijos delante de sí. Dijo algo entre dientes, que el muchacho no pudo descifrar.

–Perdón, no escuché.

–No muestres temor –repitió el policía, conteniendo las palabras–. Son como perros. Huelen tu miedo.

Jiro asintió. Cuatro o cinco calles más allá se hallaba la estación. Tendría que escapar tan pronto como le fuera posible.

–Ya casi hemos llegado –dijo–. Gracias por su ayuda. Ya estoy ahí.

–Son órdenes... –el policía agitó la nariz en dirección al cielo– superiores –¿habría sospechado de Jiro el magistrado asistente?

–Rodean la estación de incendios –por primera vez, la voz del policía delataba ansiedad. Jiro podía observar una línea sinuosa de gente que se apiñaba alrededor de la estación. No sabía si debía sentirse aliviado o atemorizado.

–Avanzaremos y entraremos con arrogancia. Estos desharrapados se intimidan fácilmente – el oficial había recobrado el control de la situación.

Jiro asintió, pensando todavía cómo haría para perderse rápidamente en la multitud. Entre tanto, se aproximaban cada vez más a la estación de incendios.

–Intenta deslizarte por ese costado y entrar por detrás –dijo el policía–. Te conocen y te abrirán la puerta.

–¿Y usted qué hará?

–Tendremos que ver, ¿eh? –era un hombre valeroso, un hombre a quien no quisiera tener de enemigo.

—Cuando te dé la señal, echas a correr. Podré detenerlos algunos minutos. Esto te dará tiempo.

De repente, la hilera de vagos nocturnos se cerró sobre ellos como si alguien hubiera jalado una cuerda escondida. Se volvieron súbitamente, encerrando a Jiro y al policía en un círculo cada vez más apretado.

El hombre desenvainó la espada.

—¡Corre! —gritó—, pero ya era demasiado tarde. Alguien le había puesto la mano sobre la boca a Jiro, por detrás, mientras que desde otra parte del círculo una cadena fustigó el aire arrancándole la espada al policía y enviándola con gran estrépito sobre el empedrado.

El fuerte brazo forzó la cabeza de Jiro hacia atrás, hasta que pudo contemplar un rostro inclinado sobre el suyo.

—Lo prometiste —fue lo único que escuchó decir a su padre antes de que lo sacara a la fuerza del círculo.

Jiro se quitó a toda prisa el traje de bombero mientras corría hacia el río. Ya no le preocupaba si se veía sospechoso o no. Sólo deseaba una cosa: ver a Kinshi de nuevo antes de entregarse a Okada como lo había prometido a su padre. Sus zuecos golpeaban contra el pavimento. Si corría, quizás podría interceptar a Kinshi y a su madre antes de que llegaran al Hanaza. Después de eso, nada importaba.

Cuando llegó por fin a la calle que bordeaba el río, pudo verlos caminando lentamente delante de él; la alta cabeza de su amigo se inclinaba sobre la pequeña figura de Isako.

Comenzó a gritar mientras corría.

–¡Kinshi! ¡Madre! ¡Kinshi! –corría tan de prisa que tuvo que asirse del brazo derecho de Kinshi para detenerse–. ¡Kinshi!

–¡No lo tomes así! –gritó Isako.

Jiro contempló la manga que sostenía en la mano. El brazo que salía de ella terminaba en un muñón toscamente envuelto.

–¡Kinshi! ¿Qué sucedió?

–¡Ara! –replicó el muchacho como si estuviera sorprendido. Miró primero el muñón, estiró la cabeza, e imitando los gestos exagerados de una marioneta, fingió buscar la mano que faltaba. Miró hacia adelante, hacia atrás, a cada lado. Colocó su mano izquierda sobre el hombro de Jiro y miró sobre él. Finalmente, sacudió la cabeza y, exactamente en el mismo tono de broma que empleaba en el camerino de los muchachos en el Hanaza, dijo:

–Parece que no logro encontrar esta tonta cosa.

Capítulo XVI

DEUDAS DE HONOR

En tanto que Jiro y su madre caminaban cada uno a un lado de Kinshi, conduciéndolo hacia el Hanaza, Isako narraba lo ocurrido entre sollozos.

—Llevé a tu padre al campo, pero ¿eso ya lo sabías?

Jiro asintió.

—Me dijo que estaba enfermo de los pulmones. Yo se lo creí. ¿Por qué no habría de hacerlo? Siempre había sido un hombre honesto ¿verdad? ¿Alguna vez dudaste de él?

—No.

—Me dijo que regresara a Osaka. Yo le obedecí. Era razonable. Incluso entre los campesinos escasea la comida, sabes. Todo lo que cultivan lo toma el daimyo o el recaudador de impuestos. Es criminal. ¿Por qué habrían de morir de hambre los hijos de los campesinos en tanto que los comerciantes de arroz engordan? ¿Por qué? ¿Por qué?

Jiro sacudió la cabeza.

–No lo sé. No parece justo.

–¿No parece justo? Es criminal; eso es lo que es. No había comida para mí. Yo no deseaba dejar a tu padre allí. Pensé que estaba enfermo. Sin embargo, él insistió, así que regresé. Me las hubiera arreglado de alguna manera. No obstante, un día, al comenzar la primavera, lo vi.

–¿A quién?

–Vi a tu padre, gordo como un día de fiesta, caminando por Dotombori. Reía y conversaba con un grupo de gente de la calle. No era gente de nuestra clase. Lo llamé y el fingió no escuchar, pero yo estaba segura de que me había oído. Continuó caminando por la calle, con la cabeza en alto. Hubiera corrido tras él; he debido hacerlo. He debido asirlo por un brazo y obligarlo a regresar a casa. Yo me moría de hambre mientras él reía y lucía feliz. Después de eso, creo que enloquecí –inclinó la cabeza–. Lo recuerdas. Me avergüenzo por ti de lo que hice.

–No, no debes avergonzarte. Ambos te habíamos abandonado. ¿Qué podías hacer?

–De no haber sido por este muchacho – colocó la mano sobre el brazo de Kinshi y se echó a llorar de nuevo.

–Vamos, madrecita –dijo Kinshi–. Ya hemos saldado nuestras deudas.

–No, Jiro, no escuches lo que te dice. Nadie sabrá jamás cuánto le debo a este muchacho. Taro fue a buscarte al Hanaza, pero fue Kinshi quien vino a buscarme, para llevarme a casa. Yo estaba con ellos.

–Sí.

–Estoy tan avergonzada.

–Te comprendo. En verdad te comprendo.

–Pero lo que no comprendes es qué ocurrió... el sacrificio... –la voz de Isako se quebró. No podía continuar.

–Tu madre tiene el defecto de muchas mujeres, Jiro. Es incurablemente romántica. No fue mi generosidad sino mi estupidez la responsable de esto –Kinshi levantó el brazo de manera que la manga cayó del vendaje.

–No, no, él iba tras de mí. Yo me disponía a entrar en la casa de Tsubu, el comerciante de arroz. Conoces el negocio. Kinshi me llamó, pero no retrocedí –sacudía la cabeza como si no pudiera creer lo que había hecho–. Estaba obnubilada, decidida a robar un poco de arroz, o al menos a destruir a aquella bestia de Tsubu, para que no continuara engordando con las entrañas de los niños famélicos. ¿Puedes comprenderlo?

–Sin embargo –interrumpió Kinshi–, debes tener una visión verdadera de la escena, Jiro. Sabes cuán impulsivo soy. Me precipité hacia la casa, como un caballero andante, con la sangre de mis ancestros guerreros bullendo en mis venas. Ni siquiera vi al policía. Y, sobra decirlo, no esperó a que nos presentaran formalmente...

–¡Cortó la mano de Kinshi! –la voz de Isako era aguda, por el horror que todavía experimentaba.

–Me tomó por un ladrón, madrecita. ¿Y quién sabe? Cinco minutos después, quizás habría sido un ladrón. Sólo apresuró un poco la mano de la justicia, eso es todo.

–¡Era un monstruo!

–¿Sabes qué hice entonces? –Kinshi no aguardó la respuesta del rostro petrificado de Jiro–. Caí desmayado, como una mujercita enfermiza. Oh, los espíritus de mis antepasados deben estar todavía sonrojados de vergüenza.

Jiro levantó la mano hacia los ojos como para borrar la insoportable escena impresa en su mente por la voz burlona de Kinshi.

–Entonces la pobre Isako se vio obligada a rescatarme.

–Kinshi.

–Aparentemente, regresó a casa de Tsubu y allí exigió carbones calientes para detener la hemorragia. Cuando finalmente recobré el poco sentido que aparentemente poseo, ella había cauterizado la herida como lo hubiera hecho un médico y me había vendado con un trozo de su vestido. Como resultaba evidente que todos seríamos arrestados, ordenó a dos de los infortunados saqueadores nocturnos que me cargaran hasta la oficina del alguacil y sedujo a un asistente de policía quien se deshizo de su traje acolchado para cubrirme con él –sacudió la cabeza sonriendo–. Una mujer extraordinaria. Estaría muerto a

no ser por ella y, ahora, me encuentro ciertamente vivo
–Kinshi señaló lo que quedaba de su brazo derecho–.
Simplemente, me he liberado para siempre del tormento
de manipular los pies de las marionetas de mi padre.

–Oh, Kinshi –el nombre salió como un sollozo.

–Tonterías. Este débil muchacho se apiada de mí.

Éste era Yoshida Kinshi, descendiente de samurais,
que se mondan los dientes cuando tienen hambre y le
escupen desdeñosamente al salvaje rostro del dolor.

Una vez que se hallaron dentro de los muros del
Hanaza, Jiro se encargó de todo. Hasta el momento en
que Okada enviara a buscarlo, haría lo que pudiera por
su amigo. Envió a Teiji a buscar a la señora Yoshida a su
casa y a Minoru en busca de Mochida. Wada, quien le
obedecía como si Jiro fuera mayor, salió a buscar hojas
de té frías, tela para cambiar el vendaje y vino para
aliviar el dolor. Isako ayudó a instalar a Kinshi bajo su
cobertor.

A Kinshi lo cuidarían más de lo que deseaba, con
Isako y la señora Yoshida cloqueando a su lado, así que
Jiro se dirigió al camerino de Yoshida.

–Perdone la interrupción –llamó suavemente desde la puerta. No hubo respuesta. Jiro asomó la cabeza
en la habitación.

Yoshida estaba sentado con los pies cruzados al
lado de la mesa, y con la cabeza entre las manos.

–¿Maestro?

El titiritero se limpió los ojos con la parte de atrás
de la manga.

–Mochida ya me lo ha dicho –dijo malhumorado–. He enviado a buscar al médico.

–Si no hubiera salido a buscar a mi madre... –Jiro se aclaró la garganta–. Es mi culpa que...

–No –respondió Yoshida–. Es el carácter del muchacho. Siempre ha derrochado su espíritu de la misma forma como los hijos disolutos malgastan la fortuna de su padre –se detuvo en la palabra padre–. Temía por él. Yo... –barrió la mesa con un gesto de impotencia–. Yo peleaba por él con las únicas armas que conozco. Con disciplina, quién sabe lo que hubiera podido... –el titiritero sacudió la cabeza como si deseara deshacerse de algo aferrado a ella–. No fui capaz de protegerlo de sí mismo –terminó en voz baja.

Jiro permanecía en silencio. ¿Cómo podría consolar a un hombre como Yoshida? Su desesperación era muy grande. El muchacho conservaba los ojos sobre la estera para no contemplar la tristeza del maestro de las marionetas.

–¿Okada sabe que estás aquí? –Yoshida rompió el silencio abruptamente con la pregunta.

–¿Sabe usted lo que ocurrió entre nosotros?

–Soy los ojos de Okada. Es preciso que sepas esto.

–¿Me matará? –era una pregunta sencilla. El terror que había experimentado en la penumbra de la bodega había desaparecido.

Yoshida lo observó por un momento.

–¿Por qué crees que desea matarte?

–La otra noche en la bodega. No lo sé. Quizás sólo intentaba atemorizarme.

–Quizás te estaba probando. Él sabía que no me traicionarías por lealtad a Kinshi. Pero Kinshi no es hijo de Okada. Debía asegurarse de que no lo traicionarías tampoco a él. Quizás había pensado en una prueba...

–Pero escapé.

–Hiciste mal en huir.

–Y... y lo humillé. No era mi intención. Estaba aterrorizado. No pensé en nada.

–Ahora que lo has pensado, ¿nos traicionarás? –preguntó Yoshida en voz baja.

Por primera vez en su vida, Jiro miró a Yoshida a la cara deliberadamente. Sus ojos se encontraron como chispas de yesca.

–Nunca lo haría para mi provecho –respondió Jiro–. Pero Okada se ha llevado a mi padre; mi madre está abandonada y se muere de hambre.

Yoshida fue quien primero bajó los ojos.

–A veces un hombre debe pagar un alto precio por cumplir su juramento. Pero tu madre puede permanecer en el Hanaza hasta – hasta que no precisemos más simulaciones. Al menos puedo prometerte eso.

–¿Y Yoshida Kinshi?

–Qué sucede... ¿qué sucede co0n Yoshida Kinshi?

–Si usted y mi padre han jurado lealtad a Okada, debe comprender que yo sólo he jurado lealtad a Kinshi. Ni el secreto ni la seguridad de hombre alguno me son tan caras como los suyos. Pero no he traicionado el secreto de Okada y estoy dispuesto a someterme a lo que decida hacer conmigo mientras que Kinshi no sufra por ello. Sólo puedo adivinar cuán profundamente he ofendido el honor de Okada –añadió Jiro con suavidad–. Lo siento –una vez más se miraron directamente a los ojos–. Ahora, ¿puedo retirarme? Debo ver cómo se encuentra Kinshi.

–Sí –fue todo lo que dijo.

A pesar de las protestas de las mujeres, Kinshi se había incorporado y deleitaba a los otros muchachos con una versión divertida de sus aventuras como presunto vago nocturno.

–Todas las noches, cuando escapaba, me daba de narices con la policía. La primera noche, estaba aterrorizado. Esas varas redondas que llevan son más potentes que aquellos palillos de dientes de bambú a los que estoy acostumbrado. Luego pensé que no había hecho en realidad nada malo, al menos aún no, y que bastaba con ser excesivamente cortés. Nadie es suficientemente cortés con esta gente. Su rango es tan bajo. Pensé que los pobres debían de estar ansiosos por recibir un poco de respeto. De la manera más educada – a los ojos de cualquiera hubiera parecido como la tercera concubina de un oficial menor de la corte conversando con el Emperador – inquiría por su salud. Una inspiración genial, pues el pequeño policía tenía una tos terrible y ni siquiera su tonta esposa se había percatado de ello. El lastimoso desgraciado estaba tan agradecido por mi preocupación que fue muy conmovedor. A la noche siguiente lo vi de nuevo y me dirigí hacia él para preguntar si se sentía mejor. En realidad, se sentía peor, y era tan evidente que mi preocupación lo había puesto a mi favor, que cuando no lo encontraba, me tomaba el trabajo de buscarlo. Y les diré que tuve mi recompensa. Anoche, cuando buscaba desesperadamente a mi amiga Isako en la oscuridad, choqué contra un policía que arrestaba a todas las personas que veía. Tuve el susto más terrible hasta cuando lo escuché toser. «Ah», dije. «Pobre de usted. He estado buscándolo por todas partes. Debe irse a casa y no permanecer afuera en esta noche tan fría. Será la muerte». ¿Saben qué hizo? Me abrazó y se echó a llorar. A duras penas pude deshacerme de él para continuar con mis maldades...

–Perdone por interrumpir, Yoshida Kinshi –Jiro levantó la vista sobresaltado. Había esperado disponer de más tiempo–. Me dijeron que deseaba verme.

–Ah, Okada. Debe perdonar mi imperdonable descortesía, pero estas mujeres no me permiten siquiera atravesar el patio hasta su camerino. Parece que soy víctima del amor maternal.

El recitador rió, con su risa característica. El cuerpo de Jiro se tornó rígido al escucharlo. Había creído que su temor había desaparecido, pero aparentemente sólo estaba olvidado en un rincón de su mente.

Guiado por Tozo, el ciego se aproximó al cobertor y se arrodilló. Tanteó el cobertor.

–Eres un perezoso, todavía en la cama a esta hora del día. Parece que Yoshida no es capaz de mantener disciplina en el ala occidental.

Jiro podía ver a Yoshida en el umbral de la puerta, pero Kinshi no pareció advertir la presencia de su padre; si Okada la sintió, no dio muestras de ello.

–Okada, aquí nos encontramos en un estado lamentable. He estado pensando seriamente pedirte que me lleves al ala oriental. Tal como van las cosas, nunca llegaré a nada si permanezco de este lado.

–Yo mismo le hablaré a Yoshida acerca de ello. Pero debes darme un poco de tiempo. Conoces el temperamento del hombre. Ninguna precaución sobra cuando se trata de abordarlo.

Yoshida tosió.

–Yoshida –dijo Okada–. Pasa. Este tonto hijo tuyo no sabe lo que es bueno. Me ruega que lo lleve conmigo al ala oriental. ¿Qué crees que debo hacer?

–Si deseas un potro de mal carácter que... –Yoshida se aclaró la ronca garganta– que ha demostrado ser indomable bajo el mejor de los jinetes, te lo cedo con gusto.

–Además –dijo Kinshi con suavidad–, ¿qué jinete desearía perder su tiempo con un animal de tres patas?

El titiritero luchó por controlar los músculos de su rostro.

–Exactamente –dijo con severidad–. Es una criatura inútil para mí. Lléveselo con mis agradecimientos.

–Si lo llevo y hago algo de él, lamentarás habérmelo cedido por nada y me lo cobrarás.

–No –la voz había recobrado su enojado tono habitual–. No. Es tuyo si deseas recibirlo.

–Tengo a mi cuenta un joven del que desearía deshacerme –Okada inclinó su cabeza hacia Jiro de tal manera que Jiro comprendió que el anciano había sabido todo el tiempo dónde se hallaba–. Un asunto complicado, pero no entraré en detalles. Te daré al hijo de Hanji, a Jiro, a cambio de Yoshida Kinshi. Renunciarás a tus derechos sobre este potro salvaje, y olvidaré la deuda del otro. ¿Trato hecho?

–¡No! –exclamó Isako–. ¡Terminen de una vez esta ridícula conversación, hombres desalmados! No me interesa lo que haya dicho su padre, Jiro es mi hijo. No permitiré que hablen de estos muchachos como si se tratara de repollos.

–No te preocupes, madre –la tensión del cuerpo de Jiro comenzó a ceder. Se entregó al alivio como un hombre fatigado se abandona al agua hirviendo del baño–. No te preocupes. No debes enfadarte. En el Hanaza no hablan como lo hace la gente habitualmente, a la manera como tú y yo podríamos comprender. Pero no tienen malas intenciones.

–Oh, deja que se preocupe –Kinshi estiró su brazo izquierdo sobre el cobertor para acariciar la mano de Isako–. Deja que se preocupe. Merece un poco de felicidad.

AGRADECIMIENTOS

Muchas personas me han ayudado con este libro. No podría mencionarlas a todas, pero quisiera agradecer de manera especial a las siguientes:

Al señor Takami Ikoma del Bunraku Kyokai y al profesor Takao Yoshinaga, quienes se tomaron la molestia de leer el manuscrito, lo cual no quiere decir que yo deje de ser responsable de todas las inexactitudes que aún presenta. El día que pasamos en compañía del profesor Yoshinaga, en medio de sus marionetas y de sus invaluables libros, disfrutando del delicioso sukiyaki preparado tan amablemente por la señora Yoshinaga, es una experiencia que mi hija Lin y yo jamás olvidaremos.

A la señora Fusako Fujii y al profesor Minoru Fujita por toda su ayuda; fueron ellos quienes me presentaron al señor Itcho Kiritate, manipulador izquierdo del Grupo Bunkaru del Teatro Asahiza. Y claro está, al señor Kiritate por compartir conmigo sus apreciaciones sobre la vida de un titiritero moderno.

Al señor Thaddeus Ohta de la sección japonesa de la Librería del Congreso, por rastrear algunos detalles elusivos de la vida en la época de Tokugawa. Aquí también, los errores que puedan aparecer son sólo míos.

A mi esposo John, a mis hijos John y David, y a mi hija Mary, quienes permanecieron solos mientras que Lin y yo pasábamos tres semanas del otoño en el Japón

A Virginia Buckley, quien nos ayudó con el viaje y continúa animándome como escritora.

A Elizabeth Branan, quien escribe a máquina palabras japonesas de cuatro sílabas sin protestar.

A los miembros de los grupos Osaka y Awaji, que alimentan el antiguo arte de las marionetas con sus vidas.

En este libro no he comenzado siquiera a hacer justicia al complejo arte del teatro de marionetas. Como introducción a las marionetas japonesas, recomiendo el libro de Donald Keene, *The Art of the Japanese Puppet Theatre:* Kodansha International, distribuido en los Estados Unidos por Harper & Row y en Canadá por Fitzhenry and Whiteside Limited.